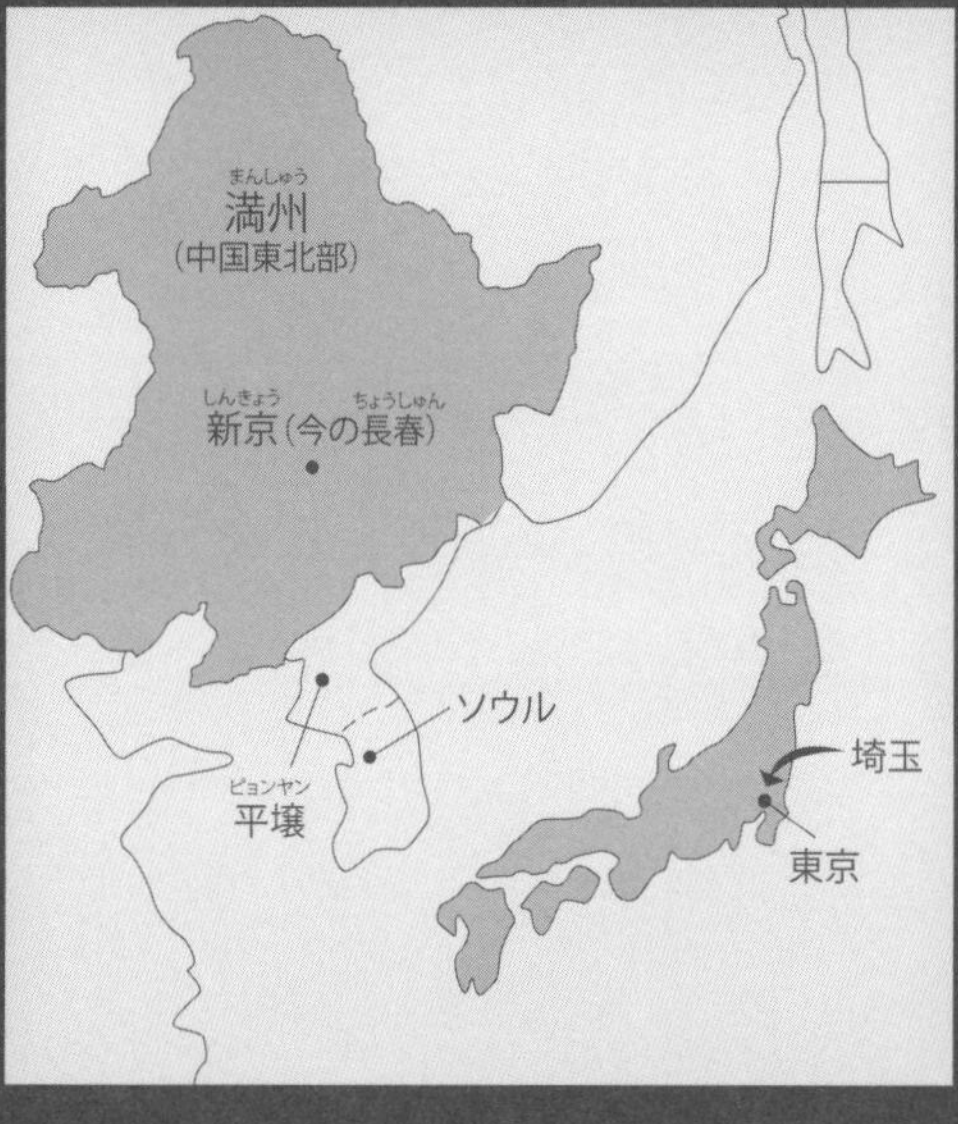
満州《まんしゅう》
（中国東北部）
新京《しんきょう》（今の長春《ちょうしゅん》）
ソウル
平壌《ピョンヤン》
埼玉
東京

幽霊少年シャン

文学のピースウォーク

高橋うらら 作
黒須高嶺 絵

新日本出版社

幽霊《ゆうれい》少年シャン／目次

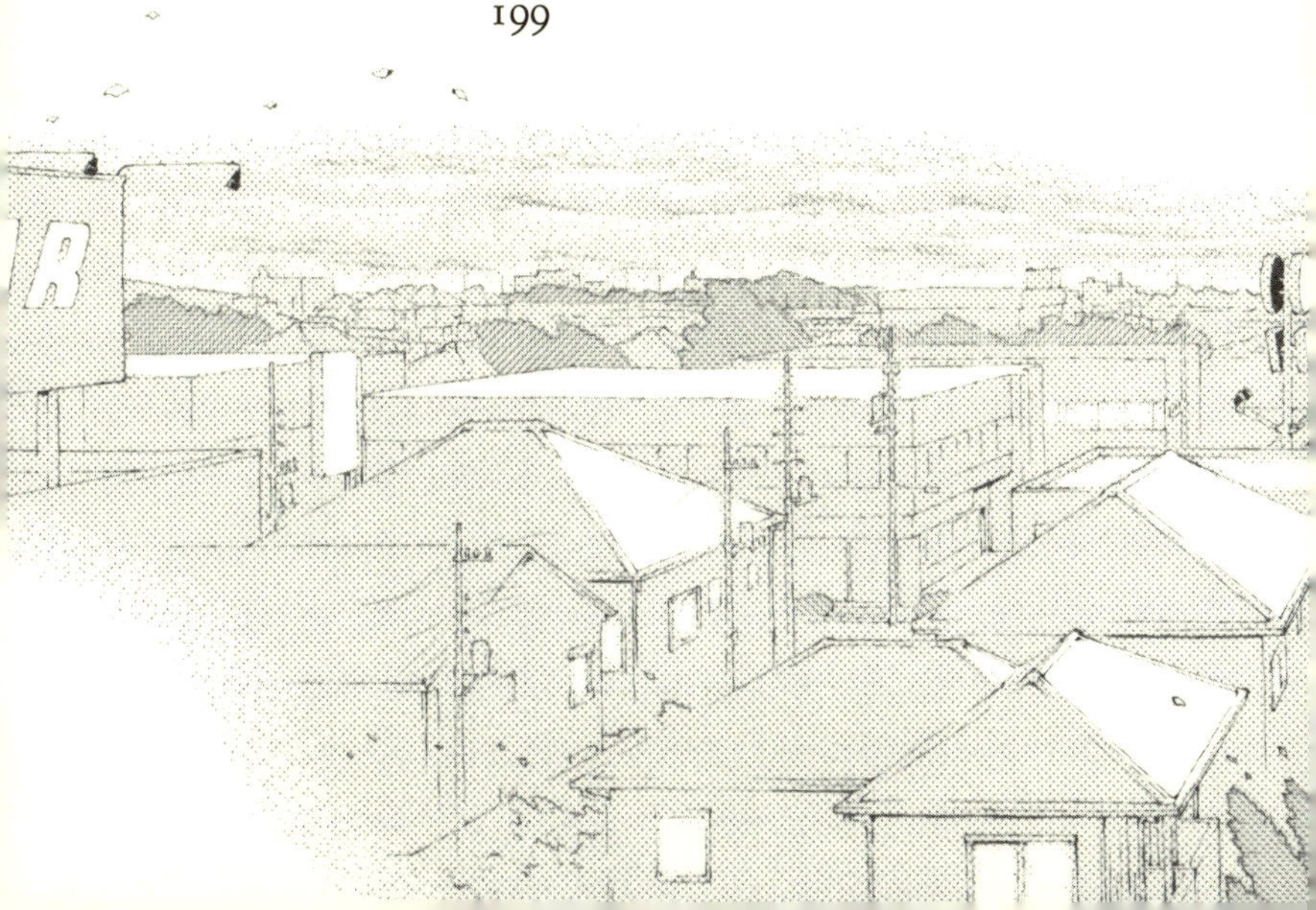

日本児童文学者協会創立70周年記念出版

1——謎《なぞ》の光

九月初め、まだ猛暑《もうしょ》が続いていたその日、天候が急変したのは、昼すぎのことだった。

空が、黒い雲におおわれていく。

大粒《おおつぶ》の雨がぽつぽつと降《ふ》り出し、埼玉県《さいたまけん》N市立、風台《かぜだい》小学校のガラス窓《まど》を叩《たた》き始めた。

ドドドドーン！

稲妻《いなずま》が走り、雷鳴《らいめい》がとどろく。

黒い雲の一部が、大地にハシゴを降《お》ろすようにつながった。

ぐるぐる、ぐるぐる……と渦《うず》を巻《ま》いて。

「あ、あれは、もしかすると……！」

四階建ての校舎《こうしゃ》の三階、六年一組の教室でも、生徒たちが騒《さわ》ぎはじめていた。国語の授業《じゅぎょう》中《ちゅう》だったが、もうそれどころではなく、席を立って窓に鈴《すず》なりに群《むら》がっている。

後ろから二番目の窓《まど》ぎわの席で、よだれをたらしながら安眠《あんみん》をむさぼっていた高野大地《たかのだいち》は、その騒《さわ》ぎのせいで起こされた。

茶色のTシャツにダボダボの黒いカーゴパンツ。黒く固い髪《かみ》の毛が、寝《ね》ぐせであちこちの方向に爆発《ばくはつ》している。日焼けした肌《はだ》。切れ長の目。細長く伸《の》びはじめた手足。

いつもは涼《すず》しい目が、一瞬《いっしゅん》丸く見開かれた。

ん？　なんだ？　ひょっとしてぼく、先生に指されたのかな？

ビクッとして立ち上がりかけたが、まわりを見てそうではないと気づき、あわてて落ち着いた顔をとりつくろって椅子《いす》に座《すわ》り直す。

クラスメイトたちは、遠くを指さして騒いでいた。

「こっちにくる！」

「渦巻《うずま》いてる！」

大地も立ち上がって、友だちの間から外を覗《のぞ》き、その光景を目《ま》の当《あ》たりにした。

砂ぼこりの立つ校庭のはるか先、ガソリンスタンドの近くを、黒くて細い何かが、ゴーゴーと渦を巻きながら、左から右に動いている。いや、正確《せいかく》には南西から北東に移動《いどう》していたのだが、大地には、そんなことまではわからなかった。

「きゃあぁ！」

女子たちは、顔をおおい、悲鳴を上げる。

「竜巻《たつまき》よ！　あれ、竜巻！」

男子たちは、「すげえ」「マジ？」といいながら、わざわざ窓《まど》をあけ、顔を突《つ》き出して外をのぞいている。

空には、ポリ袋《ぶくろ》や木の枝《えだ》、洗濯物《せんたくもの》など、地上のあらゆるものが巻《ま》き上げられて舞《ま》っている。

目をこらしてみると、遠くの公園のイチョウの木が、根元からボキリと折れてしまっている。

やがて、茶色い砂《すな》やほこりが、教室の窓から、風に乗って吹《ふ》き込《こ》みはじめた。

そのとき、すぐ近くから、決めつけるような声がした。

「ほら、大地《だいち》！　早く！」

「え？　何？」

ふりかえると、右どなりの席の山科《やましな》スミレだ。

胸元《むなもと》にネコのイラストが入ったピンクの半袖《はんそで》シャツに、ジーンズ生地《きじ》の短パン。色白のぷりっとしたほっぺたに、黒く長い髪《かみ》。少女らしい外見には、似《に》つかわしくない命令口調だった。

人差し指をピッと天井《てんじょう》に伸《の》ばして、こう言い切った。

「ぼやぼやしてないで、窓《まど》、閉《し》める！」

「ど、どうして？」

スミレの声は、さらに高くなる。

「危《あぶ》ないからよ。当たり前でしょう！」

「あ、はいっ。ただ今……！」

大地《だいち》は、いわれた通り、友だちをかきわけて前に進み、窓を閉めた。そして、おずおずと振《ふ》り返る。スミレの声が飛んできた。

「ぜんぶだって！　ぜんぶ！」

大地はあわてて、となりの窓も閉めた。窓から顔を出している男子には、頼《たの》んでどいてもらう。

「あ、ごめん。危ないから閉めろって」

走り回って、すべてバタンバタンと閉めたとたん、吹《ふ》き込《こ》んでいた風が止《や》んだ。

「こ、これでいいですか？　スミレちゃん」

大地は息を切らしながら、振り返る。

「オッケー。ごくろうさま！」

このスミレの高慢《こうまん》な態度《たいど》に、舌打《したう》ちする者もいた。

「ちぇ、また、いばりやがって……」

しかし、スミレがキッとにらむと、その男子は、いったのは自分じゃないとばかりに、すぐに背《せ》を向けた。

だれもが、スミレの「上から目線」の態度《たいど》には、神経《しんけい》を逆《さか》なでされていたが、いわれた通りにしないと、後が大変だ。いつか、「クラス委員でもないのに、友だちに命令するのはおかしい」と、女子の一部が文句《もんく》をいったら、クラス会でさんざんスミレに逆襲《ぎゃくしゅう》された。

「みんながさっさとやらないから、言ってあげただけ！」

「手が足りないときは、手伝うのが当たり前でしょ？　だれもやろうとしないから、自分がしきったってこと！」

「そもそもあんたが、ぼんやりしてたから、いけなかったんじゃない！」

そういって、一歩も引かない。いい返された女子たちが泣き出して、決着がついた。スミレの勝ちだ。後でだれかが、「あんなに徹底的《てっていてき》にやり返さなくても……」といったら、スミレは、きっぱりといった。

「やられたら、倍返しよ！」

倍返しという言葉は、どこかのドラマで覚えたらしい。

スミレは、二言目には、いつもこういっている。

「強気でないとダメ。下手《したて》に出たら、やられるだけ。日本に来て、そう決めたの！」

五年生のとき転校してきたスミレは、それまでどこか外国で暮《く》らしていて、日本語はしゃべる方は必要以上にとくいなくせに、読み書きがうまくできない。だから、わざといきがっているのかも知れない、と大地《だいち》は思う。

しかし、運が悪いことに、二学期からとなりの席だ。

大地はスミレのことを「命令女」と心の中で呼《よ》んでいる。すぐなんでも命令するから、いやなのだ。

「ふりがな！」

教科書の読めない文字に、ふりがなをふらせる。

「漢字教えろ」

書けない漢字は、大地に調べさせて書かせる。スミレは特に、日本の地名を、ほとんど知らないようだった。

もちろん大地は今まで一度も、スミレの命令に逆《さか》らったことはない。

というより、今までの人生で、だれにも「ノー」といったことがないような気がする。家では母親にぜったい服従《ふくじゅう》だし、学校で先生に注意されれば、その通りにする。

従《したが》っていれば、安全だった。逆《さか》らって、だれかとぶつかるより、よっぽどいいと思っていた。

今日だってスミレのおかげで、いち早く窓《まど》が閉《し》められて、助かったではないか。先生だって、スミレにお礼をいったのだ。

「ありがとう。山科《やましな》さんは、いつも率先《そっせん》して行動するからえらいですね」

担任《たんにん》の小田次郎《おだじろう》先生は、あと数年で定年といわれているおじいちゃん先生だ。今回も、竜巻《たつまき》だというのに、教壇《きょうだん》の椅子《いす》に座《すわ》ったまま窓の外を見つめているだけで、どうも反応《はんのう》がにぶい。

髪《かみ》はすでに白髪《しらが》で、グレーのズボンに白いワイシャツという服装《ふくそう》も、どこか昭和の香《かお》りがする。筋金入《すじがねい》りの鉄道ファン。家には、明治や昭和時代の機関車の写真や、当時使われていた道具などが、大切にコレクションされているらしい。

それにしても、竜巻は、いっこうに衰《おとろ》える気配を見せないどころか、さっきより学校に近づいている。

バリバリ!

公園の向こう、住宅街《じゅうたくがい》の屋根が、バラバラに破壊《はかい》され、巻《ま》き上げられていくのが見える。

ゴーン！

鈍《にぶ》い音が響《ひび》いて、校庭のサッカーゴールが横倒《よこだお》しになり、まるで空《あ》き缶《かん》みたいにカラカラと転がった。

閉《し》めた窓《まど》ガラスが、ガタガタと振動《しんどう》している。小田《おだ》先生も、さすがに椅子《いす》から立ち上がり、

「すぐに窓の近くから離《はな》れなさい！」

と大声で生徒たちに指示《しじ》した。

ドドドーン！

ピカッと雷《かみなり》が光って、教室に強い光が差しこんだ。みんなの顔が、明るく照らされる。

その瞬間《しゅんかん》だった。教室の蛍光灯《けいこうとう》がふっと消えた。停電だ。

教室が、とたんに暗くなった。大地《だいち》の周囲のざわめきが、なぜかぴたりと止《や》んだ。

そして、大地の目に、不思議なものが映った。

窓ガラスをすりぬけて、小さなホタルのようなレモン色の丸い光が、ゆらゆらと飛び回り、教室に入ってきたのだ。

ゆっくりと右へ左へと動き回る。だれかを探《さが》しているようにも見える。

こんな声が聞こえてきた。

ナツカシイ　トモダチ
アイタイ　アイタイ
マダ　シネナイ　マダ　シネナイ

続いて大地《だいち》の耳に、さまざまな音が響《ひび》き始め、目の前に、まるで映画《えいが》のようなシーンが、次々と浮《う》かび上がってきた。

ウ〜というサイレンの音。

空を飛び回る爆撃機《ばくげきき》。爆弾《ばくだん》が雨のように落とされる。

ドカンドカンと爆弾が爆発《ばくはつ》する音。その度《たび》にくる足下《あしもと》の振動《しんどう》。

助けて〜。怖《こわ》い〜！　と、大勢《おおぜい》が泣きわめいている声。

「……なんだこれ？」

怖くなった大地は、両手で顔をおおい、前かがみになる。

指の間から見ると、まだ目の前を、あのレモン色の光がゆらゆらと飛んでいる。

それはやがて、窓《まど》の外にひゅっと飛び去っていった。とたんに、それまでの不思議な光景が消え、周囲の音が普通《ふつう》に戻《もど》った。ほっと体を起こす。

いったい今のは何？　ほかの友だちはみな、今の出来事に気づいていないようだ。

おろおろと教室の中を見回していた大地《だいち》は、スミレに頭をピシャンとぶたれてしまった。

「そんなに怖《こわ》がってないで、しっかりしなさいよ！」

窓《まど》の外を確《たし》かめると、竜巻《たつまき》は、ものすごいスピードで移動《いどう》し、視界《しかい》から消えていくところだった。

「ねえねえ、さっき、変なもの見えなかった？　レモン色の光とか。空に軍隊の飛行機とか……。爆弾《ばくだん》が爆発《ばくはつ》して……！」

スミレに聞いてみたが、答えは冷たい。

「何いってるの！　竜巻のせいで、よけい頭がおかしくなったの？」

「…………」

何もそこまでいわなくても、と思い、大地はそれ以上たずねるのをやめにする。

さっきのは、なんだったんだろう？

竜巻から、思わず戦闘《せんとう》シーンを想像《そうぞう》してしまったんだろうか？

竜巻《たつまき》は、もしかすると、自分の家を破壊《はかい》したかもしれない……。

大地《だいち》が我《われ》に返って急に心配になったのは、授業《じゅぎょう》が打ち切りになり、早めの帰りの会が始まってからだった。

市内の防災無線《ぼうさいむせん》では、竜巻の被害《ひがい》にあった人たちに、大地たちの風台《かぜだい》小学校が、避難所《ひなんじょ》になることを伝えている。体育館には、お年よりがすでに何人か避難してきているらしい。

帰りの会が終わっても、生徒たちは教室に待機する。各家庭に緊急時用《きんきゅうじよう》のメールで連絡《れんらく》が回り、保護者《ほごしゃ》が迎《むか》えにくることになったからだ。

続々と、保護者が教室にやってくる。母親どうし、家のようすなど、興奮《こうふん》してしゃべりあっている。

「大地！」

教室にのしのしと入ってきた大地の母ちゃんは、ひときわ目立った。

顔も腕《うで》も太ももも、パンパンに太っていて、髪《かみ》は茶色のショートで後ろは刈《か》り上げ。白いTシャツに黒いジーンズという普段着《ふだんぎ》は、まるで「パンダ」だと大地は思った。

母ちゃんは、早口でさけび、大地の手をとった。

「うちはだいじょうぶだから、安心しな！　だけど、家庭菜園がめちゃくちゃなの。帰ったら、片付《かたづ》け頼《たの》むね！」

「う、うん、わかったよ」

ほっ、家は無事か、よかった……。

こうして、大地《だいち》は母ちゃんの太い腕《うで》に引《ひ》っ張《ぱ》られるようにして、バタバタと下校した。教室を出るとき、六年一組のクラスの中でただ一人スミレだけ、まだ迎《むか》えが来ず、ぽつんと席に座っているのが目に入った。

2——被災地《ひさいち》

大地《だいち》と母ちゃんは、足早に校門を出て、雨上がりの国道沿《こくどうぞ》いを歩いていった。

いつもはすいている道路を、今日は、救急車や消防車《しょうぼうしゃ》、パトカーなどの緊急車両《きんきゅうしゃりょう》が、サイレンを鳴らして走っていく。砂《すな》をかぶった白い乗用車も通りすぎていった。

舗道《ほどう》も、店のガラスも、砂ぼこりでみんな汚《よご》れていた。信号機には、どこかから飛んできた黒いビニールシートが、からみついている。

このあたりはN駅から歩くと三十分もかかる田舎《いなか》だ。国道に沿《そ》って大型スーパーやファミリーレストランが並《なら》んでいるものの、周囲には田んぼや畑が多く、一戸建ての家やアパートは、ところどころ身を寄《よ》せ合うように、建っているだけだ。

母ちゃんは、前を向いてずんずん歩きながら、大声でしゃべっている。

「竜巻《たつまき》が通ったのは、西町《にしまち》のあたりだって。よかったわ。家をそれてくれて」

大地《だいち》が住んでいるのは、東町《ひがしまち》という、古くから続く農家が多い地域《ちいき》だった。

「……でも西町《にしまち》はうちの学区だよね。友だちの家があるかも」

「そうかもしれないね。まさかここに竜巻《たつまき》が来るなんて！」

横断《おうだん》歩道を渡《わた》り、しばらくいってホームセンターの角を左に折れると、あたりは田んぼばかりになり、急に空が広くなった。あの騒《さわ》ぎがうそのような青空だ。

ヒュウ！

しかし、まだ風は強く、田んぼの稲《いね》をザワザワと揺《ゆ》らしている。

農家の人が、歩き回って点検《てんけん》している。どうやら稲は無事なようだ。

やがて、田んぼのむこうに、大地の家のコンクリの塀《へい》が見えてきた。

近くには、数軒《すうけん》の家があるだけで、あとはうっそうとした竹林。竹がしなって、ゴウゴウとうなる音も、いつものそれではない。

家の近くでは、近所の奥《おく》さんたちが集まって、「怖《こわ》いわあ。怖いわあ」と立ち話をしている。

エプロンをかけたとなりのおばちゃんが、大地たちを見つけて手を振《ふ》った。

「お帰り、大地ちゃん！　学校の方はだいじょうぶだったあ？」

大地は、ちょっと頭を下げ、上目づかいに、もごもごと答えた。

「は、はい……。とくに大きな被害《ひがい》はありませんでした。サッカーゴールが倒《たお》れたくらいで」

「まあ、よかったわ。学校が使えなくなったら、本当に大変ですものねえ」

母ちゃんは、奥《おく》さんたちに「それじゃ、また」と忙《いそが》しそうに挨拶《あいさつ》すると、大地《だいち》をうながして黒い鉄の門を入る。

大地の家は瓦屋根《かわらやね》で、築《ちく》五十年以上と古い。二階建ての家は、今でいえば、７ＬＤＫもある。庭も広くて、すみには、苔《こけ》むした小さな池まであるが、今はほとんどが家庭菜園だ。

「家計が苦しいから、できるだけ自給自足で野菜を作る」

と、母ちゃんがはりきって、庭を開墾《かいこん》してしまった。父ちゃんの給料日前は、おかずがすべて、家で育てた野菜になる。

「野菜パーティーよ！」

なんて、母ちゃんは明るく笑っているけれど、カロリーが少なすぎて、大地はそんな食事のときは、ちっとも食べた気がしないのだ。

見渡《みわた》してみると、夏の盛《さか》りをすぎ、繁《しげ》りに繁ったナスやキュウリの中に、強風で倒れてしまったものがある。

でも、今収穫《しゅうかく》すれば、なんとか実は食べられそうだと大地は思った。

「さあ大地《だいち》！　ランドセルをおろしたら、すぐはじめるわよ」

ちぇ。本当は、西町《にしまち》のようすを見てきたいのになあ。

ブルル……。

竹林のはるか上を、ヘリコプターが飛んでいる。きっとテレビ局か新聞社のヘリだろう。なんだか、緊迫《きんぱく》した空気だ。いったい竜巻《たつまき》でどんな被害《ひがい》が出たんだろう。

でも、母ちゃんに逆《さか》らうことは、許《ゆる》されなかった。ランドセルを、玄関《げんかん》の引き戸のむこうに放《ほう》りこむと、大地は母ちゃんの指示《しじ》通り、しぶしぶ復旧《ふっきゅう》作業を手伝った。

まず、倒《たお》れてしまった支柱《しちゅう》にからみついているナスやキュウリの収穫《しゅうかく》できる実を、植木ばさみを使ってつんでしまい、それから支柱を茎《くき》や葉ごと、えいっと土に立て直す。なかなかの力仕事だった。

とても九月とは思えない気温の高さだ。汗《あせ》がべっとりと皮膚《ひふ》にまとわりついてきて、かゆい。その上、回りを蚊《か》が飛び回って、ほっぺたや腕《うで》をさされ、大地はあちこちを、ボリボリとかいた。

カナカナカナ……。

どこかで蟬《せみ》が鳴いている。

「はい、ありがと。とりあえず今日はこれでいいわ」

やっと母ちゃんからお許《ゆる》しが出たころには、日は少し西に傾《かたむ》いていた。

家庭菜園の中にしゃがんでいた大地《だいち》は、ぴょんと跳《と》び上がって、ひざの土をはらった。

植木ばさみを母ちゃんにわたすと、水まき用の水道の蛇口《じゃぐち》に直接《ちょくせつ》口をつけて、ごくごく水を飲む。それから、

「ぼく、ちょっと、西町《にしまち》を見てくるよ！」

とさけんで門を飛び出し、アスファルトの道を急いだ。

「危《あぶ》ないところには、行っちゃダメだからね！」

母ちゃんが背中《せなか》にかけた言葉など、まるで聞いてはいない。

もう一度国道に出て、学校の前を通りすぎた反対側が西町だ。

西町に入り、進むにつれて、竜巻《たつまき》の被害《ひがい》が、だんだんわかってきた。

平和な東町《ひがしまち》とはまるで様子がちがっていた。

大型スーパーの駐車場《ちゆうしやじよう》の柵《さく》が、全部なぎたおされている。公園の木という木が、みな同じ方向に倒《たお》れていた。電信柱まで、まるで並《なら》んでおじぎをするように、道路をまたいだ反対の家に激突《げきとつ》している。

フロントガラスがくだけ散った黒い乗用車がひっくり返って、壊《こわ》れた家に寄《よ》りかかっている。ベニヤ板や、折れた材木など、いったい元は何だったか見当もつかないガレキが、そこらじゅうに散乱《さんらん》している。

まるで映画《えいが》のようだと思った。とてもとなり町で起こった災害《さいがい》とは思えない。危険《きけん》な箇所《かしょ》には、立ち入り禁止《きんし》の黄色いテープが張《は》られ、警官《けいかん》が見張《みは》っている。被害《ひがい》にあった人たちは、呆然《ぼうぜん》と通りに立ち尽《つ》くしている。

「今夜は雨がパラつくかもしれません。こわれた屋根はこれでおおってくださーい！」

市の職員《しょくいん》たちが、走り回って、ブルーシートを配っていた。

「ここは埼玉県《さいたまけん》N市の竜巻《たつまき》の被害現場《げんば》です……」

テレビ局のスタッフも到着《とうちゃく》していて、マイクを手に話す記者を、カメラマンが撮影《さつえい》していた。大ぜいの野次馬《やじうま》が、遠巻《とおま》きにして見守っている。

「大変ねえ……」

「まさか、ここに竜巻が来るなんて……」

おばさんたちは、ここでも立ち話だ。

近くの角を曲がって、住宅地《じゅうたくち》の細い道に入った。もっとじっくり、被害のようすを見てみたかった。どの家も、ガラスが割《わ》れてめちゃくちゃだ。屋根が破壊《はかい》されて屋根裏《やねうら》が見えてしまっている家もある。

歩き回っていると、窓《まど》ガラスが砕《くだ》け、サッシがところどころはずれている、古いベージュ色のアパートがあった。

一階の一番奥《おく》のドアの前を、どこかで見たことのある女の子が、ほうきで掃《は》いている。

あの、色白の横顔は？　……ヤバ。あの命令女、山科《やましな》スミレだ！

関《かか》わり合いになる気は、一ミクロンもない。

くるりと背《せ》を向け、にげようとしたのに、呼《よ》びとめられてしまった。

「おい、大地《だいち》！」

大地は、ふりかえり、どう反応《はんのう》していいのかわからず、とにかくあたふたと気をつけをした。

アパートを指さして、一応《いちおう》聞いてみることにした。

「ここ、君の家？」

スミレは、長い黒髪《くろかみ》をかきあげながら、ぷりぷりと怒《おこ》っている。

「ガラス、うちもけっこう割れたのよ。……まったく！　中もめちゃくちゃ！　大地の家はだいじょうぶだったの？」

「え、ええ、おかげさまで」

「それで被害《ひがい》がないから、高みの見物に来たってわけ？　いいご身分ね」

「いえ、そ、そういうわけじゃ……」

自分の家の家庭菜園のことをいおうかと思ったが、このあたりの被害に比《くら》べたら、物の数ではないと思い、大地《だいち》は口をつぐんだ。

スミレは、上から下にいう。

「じゃあ、中に入ってちょうだい」

「え？　ぼ、ぼくが？」

大地が周囲を見回していると、スミレが、舌打《したう》ちする。

「ほかにだれがいるの？　手伝ってくれるよね？　とっても困《こま》ってるんだ」

「う、うん、もちろん……。光栄です」

自分でも何をいっているのかと思いながら、うながされるままに、アパートの玄関《げんかん》で運動靴《うんどうぐつ》をぬいだ。確かに、本当に困っていそうだし、断《ことわ》って「倍返し」なんかされたらたまらない。

二DKの小さな家だということが、一目でわかった。

部屋の中に、洗濯物《せんたくもの》がずらりと干《ほ》してある。プラスチックの衣装《いしょう》ケースやダンボールの箱が、あちこちに積み上げられている。床《ゆか》も壁《かべ》もところどころはがれていて、お世辞にも「ステキな家ですね」とはいえなかった。

入ってすぐのせまい台所では、真っ白な髪《かみ》をしたスミレのおばあさんが、安っぽいスチールのテーブルに向かって座《すわ》りこんでいた。

「アイヤー、アイヤー」

と困りはてた顔で、何度も頭をかかえている。

紫《むらさき》のエプロン。スミレによく似《に》て色白だが、小さくてきゃしゃで、上品な感じのするおばあさんだと大地《だいち》は思った。

スカートからのぞく両足に、ベージュ色のサポーターが巻《ま》かれている。

大地を見ると、座ったまま頭を下げ、「アイヤー」とくりかえしていた口をつぐんだ。

大地は、おずおずとたずねてみた。

「おばあさんしかいないの？　親は？」

「二人とも、東京の中華《ちゅうか》料理店で毎日仕事よ。帰ってくるのは夜中。連絡《れんらく》したけど、すぐには戻れないって。おばあちゃんは足が悪くて歩けないし、とにかく大変なんだってば！」

「じゃ、だれが、学校に迎《むか》えにきたの？」

「しかたがないから、近所の子の親にくっついてきたんだ」

スミレは、外をはいていたのとは別の長いほうきを持ってくると、大地《だいち》につきつけた。

「あっちの和室のガラスをほうきではいて」

ほうきを手にした大地は、台所の向こうの部屋に向かったが、いきなりガラスを踏《ふ》みそうになって飛びすさった。停電したままで薄暗《うすぐら》く気づかなかったが、ほぼ一面にガラスが砕《くだ》け散っている。

「ほら、気をつける！」

「う、うん」

「まん中に集めて、ちりとりですくってスーパーの袋《ふくろ》に入れる！　最後は、掃除機《そうじき》をかけるから」

スミレは、てきぱきと、押《お》し入《い》れから電気掃除機を取り出している。しかし、掃除機のコードを引き出してつないだとたん、わめいた。

「そうか困《こま》った、停電で掃除機が使えないんだ！　まったく踏んだりけったり！」

スミレが、銀色の掃除機をけとばしている。

大地は思った。踏んだりけったりは、掃除機の方だって……。

「ぞうきんがけもしてね！」

「は、はい……」

ほうきでの片付《かたづ》けが終わると、いわれた通り、泥《どろ》やほこりでよごれてしまった畳《たたみ》や床《ゆか》を、きれいにぞうきんがけする。

大地《だいち》は、スミレの命令に従《したが》って、くるくると働いた。

「ブルーシート、もらってきて！」

靴《くつ》をつっかけて外に走り出ると、割《わ》れた窓《まど》に貼《は》るブルーシートを市役所の人からもらってきた。スミレといっしょにガムテープで取り付ける。

そこへ、黒いポロシャツを着たアパートの大家さんが、玄関《げんかん》から顔を出した。頭のてっぺんがつるりとはげ、金縁《きんぶち》の眼鏡《めがね》をしている。

「被害《ひがい》はどうですか？」

幸いなことに、このアパートの屋根は無事だという。しかし、大家さんは、これからのことで頭をかかえていた。

「まったく竜巻《たつまき》だなんて、参りましたよ！　少し前までは、どこかちがう国で起きるものかと思ってたのに、最近急に増《ふ》えちゃって……。なんで、この地区に来たんでしょうね。こんなにこわされちゃ、修理《しゅうり》にいくらかかるかもわからない……。損害保険《そんがいほけん》もおりるかどうか……。だいたいガラス屋もいつこれるんだか……」

大家さんは、スミレやおばあさんを気づかってか、大地《だいち》たちが通う風台《かぜだい》小学校が避難所《ひなんじょ》になっていると、改めて説明した。しかし割《わ》れた窓《まど》から空《あ》き巣が入るのが不安なので、アパートの他《ほか》の住人は、避難所には行かないようだという。

スミレは、きっぱりと大家さんにいった。

「おばあちゃんは歩けないし、車椅子《くるまいす》を使っても避難所では生活がしにくいと思うので、連れていきません。ママとパパが仕事から帰ってくればだいじょうぶですから、ここにいます」

おばあさんは、スミレのしっかりした言葉に、目を細めた。

「ええ、うちはこの子がいますからだいじょうぶです。ご心配ありがとうございます」

大家さんも、うなずいた。

「そうかい。となりの家にいるから、何かあったら、言ってきてくださいよ。お宅《たく》のことは、……さんに、よくよく頼まれてますからな」

大家さんは、そういって家のようすをもう一度見回した後、アパートのとなりの部屋へ回っていった。だれかの名前をあげたらしいが、大地には聞き取れなかった。

大地《だいち》は今がチャンスだと気づき、両手を前ですりあわせながら、スミレにいい出した。

「もう、そろそろいいでしょうか。早く帰らないと母ちゃんに、八《や》つ裂《ざ》きにされるんで……」

「え？　もうそんな時間？　ありがとね、大地。助かった」

スミレは、めずらしく大地にきちんと頭を下げた。

おばあさんは、座《すわ》ったまま、お礼をいった。

「ありがとう存《ぞん》じます。本当に助かりました。こちらにきてから、日本の方にこんなに親切にしていただいたのは、久《ひさ》しぶりでございます……」

なんだかこの家、大変そう。大地はちょっと同情《どうじょう》したが、もう暗くなりはじめていたので、急いで家に帰ることにした。

「じゃあ、また明日！」

そういって、アパートを出て、歩きはじめる。

たった数時間で、被災地《ひさいち》となってしまった町並《まちな》み。家々に、いつもの平和な灯《あかり》はない。

オレンジ色の夕焼けだけが、あたりを悲しく照らしている。

どこからか、カレーライスの香《かお》りがしてきた。きっとガスも止まっているのだろう。家の前でたき火をし、大きななべで、炊《た》き出しをしている人たちがいた。

お腹《なか》が、グルルと鳴った。

放課後ずっと、体を動かして働いたせいで、すっかり腹《はら》ぺこだ。

「ああ、カレー！　食べたいなあ！」

大地《だいち》はそうつぶやくと、家への道を、一気に走り出した。

3——幽霊《ゆうれい》少年

「遅《おそ》くまで、どこに行ってたの！」

家に着くと、もう七時近かった。母ちゃんが薄暗《うすぐら》い玄関《げんかん》に現《あらわ》れて仁王立《におうだ》ちになった。大地《だいち》の家も、まだ停電したままだった。

「あ、はい。ご、ごめんなさい……」

はいてきた運動靴《うんどうぐつ》を、ぬぎ捨てたばかりの大地だったが、あわててそろえ、すみに置き直した。上目づかいに母ちゃんを見て、いいわけする。

「友だちの家の片付《かたづ》けを、手伝っていたんだよ」

母ちゃんは、左の眉《まゆ》をぴくりと上げた。

「だれの？」

「山科《やましな》スミレちゃんち」

「ふうん。あそこの家は、親も保護者会《ほごしやかい》に来ないし。よくわからないのよね。大変そうだった？」

「うん。アパートのガラスがこなごなで……」

見てきたことを、説明する。

「……そうか。ま、いいや」

母ちゃんはやっと納得《なつとく》して、大地《だいち》を家に入れてくれた。廊下《ろうか》の電話台にあった懐中電灯《かいちゆうでんとう》を手渡《てわた》す。

「大地はこれを使いな。トイレに行くときとか、階段《かいだん》を上るときとか、気をつけるんだよ。寝《ね》るときは、電池がもったいないから、必ず消すこと！」

奥《おく》から、保育園《ほいくえん》から帰った三歳《さい》の妹、もえ子が出てきた。駅前の保育園は、早帰りにはならなかったようだ。小さな懐中電灯を振《ふ》り回している。暗い廊下で、小さな光の筋《すじ》がくるくる回っている。

もえ子は、顔がおもちのようにふっくらしている。きっと母親に似《に》てしまったんだと大地は思う。おまけに目が細くて、まるで二本の線を引いたようにしか見えない。

もえ子がよちよちと近づいてくると、大地はさっそく、懐中電灯を自分のあごの下に当ててスイッチを入れ、顔をぼうっと、照らしてみせた。

「オバケだぞう〜」

そのまま、ぐっと顔を近づける。細い目をめずらしく見開いたもえ子は、「ギャー！　ギャー！」と火がついたように泣き出した。

「どうして、こんな大変な日に、めんどくさいことするんだよ！」

母ちゃんに、ボコンとげんこつをくらった。

「もう夕食はできてるから、手を洗《あら》っておいで。水道とガスが使えただけでも助かったんだよ」

大地《だいち》は、廊下《ろうか》の突《つ》き当《あ》たりにある洗面所《せんめんじょ》で、懐中電灯《かいちゅうでんとう》の光をたよりに、ほこりだらけのうでや顔を洗うと、そそくさとダイニングキッチンに向かった。

……ひょっとして、この香《かお》りは、うちもカレーかな？

さっきから、いいにおいがただよっている。

「やったー！　カレーだ！」

自分の席にすべりこむ。まん中に蠟燭《ろうそく》が灯《とも》され、カレー皿の横にはスプーンが添《そ》えられていた。

子ども用の高い椅子《いす》に座《すわ》ったもえ子は、まだ暗闇《くらやみ》をこわがってぐずっている。

父親は単身赴任《ふにん》で、大阪《おおさか》にいる。以前は近くの工場に勤《つと》めていたが、そこが閉鎖《へいさ》され、同じ会社の別工場に移《うつ》ったのだ。

いっしょに住んでいたおじいちゃんも去年亡《な》くなって、六人がけの大きなテーブルがさみしい。

「いただきます！」

大地《だいち》は、さっそくカレーをかきこんだ。

「すげえ！　今日は肉がいっぱい入ってる！」

母ちゃんは、ふんと鼻を鳴らし、いまいましそうに顔をゆがめた。

「停電で冷蔵庫《れいぞうこ》も使えないから、中の材料をできるだけ使い切らなきゃならないんだよ。せっかく安いときにまとめ買いして冷凍《れいとう》したお肉なのにぃ！」

いけね。機嫌《きげん》悪そう。話題を変えよう。

「だけど、よかったじゃないか、このくらいの被害《ひがい》で。西町《にしまち》に比《くら》べたら、ぜんぜんラッキーだよ！」

大地の予想通り、母ちゃんは、大きくうなずいた。

「それはそうね。間一髪《かんいっぱつ》だった！　危《あぶ》ないところだった！」

母ちゃんは、カレーをガバガバとかきこみながらも、とぎれとぎれに話し続けた。

「家の修理《しゅうり》だ、建《た》て替《か》えだなんていったら、……いくらお金がかかるか、わからないもの。ただでさえ、父ちゃんの給料の、……手取りが減《へ》って、やっと食べていけるか、……どうかって、ところなんだから」

でも、いつもぼうっとしている大地《だいち》でも、さすがにこう思った。

喜んで、安心しているばかりでいいのかな？

被害《ひがい》にあわなかった自分たちは、関係なかった、巻《ま》きこまれずにすんでよかったと胸《むね》をなでおろす。そしてそれきり、被害の恐《おそ》ろしさを忘《わす》れてしまう。

だけど、被害にあった人は、どんなにか困《こま》っていることだろう。そこまで想像《そうぞう》してみるのが、本当じゃないのか？

もし、自分が巻《ま》き込《こ》まれたらどうしようって、考えておくことも大事だろうし……。

しかし、母ちゃんは、いつも家計のことで頭がいっぱいらしい。口ぐせのようにこういっている。

「今の日本を立て直して、景気をパッとよくしてくれる政治家《せいじか》が、早く現《あらわ》れないかしら！　給料がもうちょっと上がれば、生活もずいぶん楽になるのに……」

お風呂《ふろ》をわかす給湯器《きゅうとうき》は、停電で使えなかった。大地《だいち》はいつもより早く、二階の六畳《じょう》の自分の部屋へ上がるが、暗くてすることがない。

机《つくえ》の横の本棚《ほんだな》は、マンガばかり。しかし、懐中電灯《かいちゅうでんとう》だけでは、読みづらい。

ちぇ！　テレビもつかないんじゃ、楽しみにしてたアニメ番組も見られないじゃないか。テレビゲームもできないし。

疲《つか》れていたこともあり、パジャマに着替《きか》えて早々とベッドに入る。

ヒュウ……。

まだ強い風が、家のまわりを吹《ふ》き荒《あ》れている。

竜巻《たつまき》なんか、来んなよ！

昼間、学校の窓《まど》から見えた光景を思い出した。この家を竜巻が襲《おそ》うことを想像《そうぞう》すると、ただでさえ蒸《む》し暑《あつ》いのに、タオルケットを持つ手が、じっとりと汗《あせ》ばんだ。

なぜか、とてもいやな予感がする。重苦しい何かが、のしかかってくるような、じわじわとこっちに近づいてくるような……。

「こういうときは、寝《ね》ちゃうに限《かぎ》る！」

大地《だいち》は、タオルケットを頭からかぶると、体を小さく丸めた。

ガタガタ……。どこかで、何かが揺《ゆ》れる音がした。

ガタガタ……。いったいなんだろう？　まさか、竜巻《たつまき》！

大地はタオルケットをはねのけ、飛び起きた。

真っ暗！　枕元《まくらもと》の懐中電灯《かいちゅうでんとう》をつけて壁《かべ》の時計を見ると、夜中の一時半。

眠《ねむ》い。まぶたが重い。でも何か変だ。あやしい音に耳を澄《す》ます。

トントントン……。ピーヒャララ。ベベンベンベン。

……何？　お祭？　その音はだんだん大きくなってくる。

窓《まど》をあけて、外のようすを見てみようか。

そう思って、パジャマ姿《すがた》でベッドから体を起こしたとたん、とんでもないものが目に入ってきた。

ベランダに通じる掃《は》き出し窓のグリーンのカーテンの前に、人魂《ひとだま》ほどの青い光が浮《う》かび上がっている。台所のガスの炎《ほのお》のように、透《す》きとおっている。

ゾゾゾッと鳥肌《とりはだ》が立ち、思わず、タオルケットをぎゅっとつかんだ。

その光はしだいに大きくなり、何かに姿《すがた》を変え始める。

それはまず、足の指だった。カーペットの床《ゆか》の上に、むっちりした裸足《はだし》の両足。それからすねが見え、ひざが見え、やがてボロボロのカーキ色の半ズボンが見えた。

ズボンは、当て布《ぬの》がしてあって、つくろわれている。昔のマンガに出てくるようなボロい服だ。

上半身が見えてくる。薄汚《うすよご》れたランニング。

いっちゃ悪いが、そいつは太っていた。おなかがポコンと出ている。腕《うで》も、むっちりと太い。まるで、これからお相撲《すもう》さんを目指すのか、というような体型だ。

そして顔が見えると、悲鳴を挙《あ》げそうになった。ぷっくりしたほっぺたの左側に赤い傷《きず》があり、まわりは血だらけだ。頭は丸坊主《まるぼうず》！

大地《だいち》より背《せ》は高く、体重は何十キロもありそうな男の子だが、顔つきを見ると、まだかわいらしい感じもして、同い年くらいだと大地は思った。

人の良さそうな顔をしている。なぜか、うれしそうに笑っている。

体の輪郭《りんかく》に沿《そ》って、まだ青く光っている。だから、真っ暗だった部屋も、そこだけ鈍《にぶ》く照ら

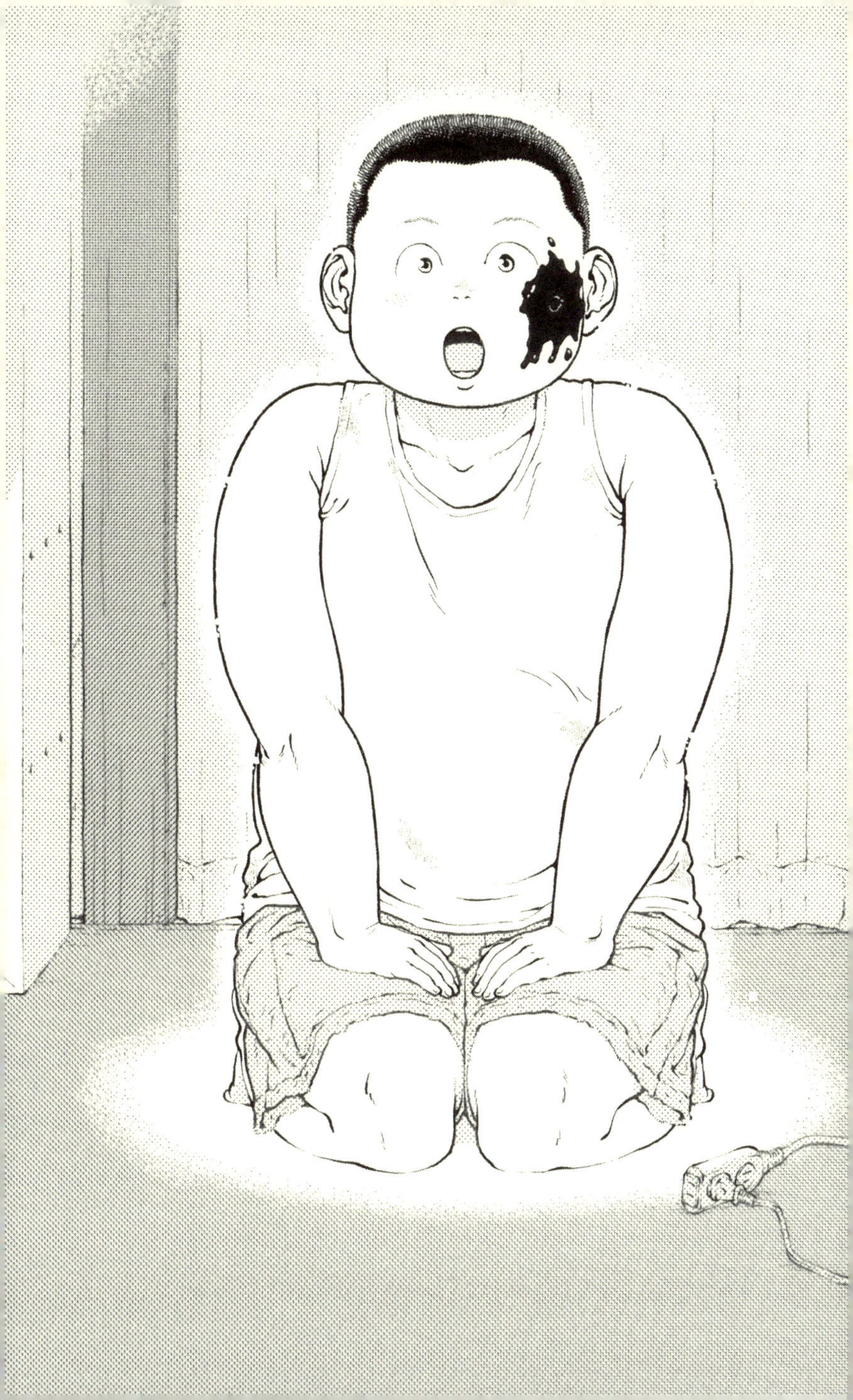

し出されていた。

その少年は、パンと右手で膝下《ひざした》をたたいてその場に正座《せいざ》し、扇子《せんす》か何かを前に置くしぐさをすると、おじぎをしてまた姿勢《しせい》を正し、こう口上《こうじょう》を述《の》べた。

「えー、毎度、バカバカしいお話で……。わたくしこの度、あの世からこうして戻《もど》って参《まい》りました」

大地《だいち》の頭が、いつになく高速回転する。

……つ、つまり、幽霊《ゆうれい》ってこと？

おびえる大地の目の前で、少年は、丸い目をくりくりさせ、顔をほころばせている。

「ご無沙汰《ぶさた》をいたしました。お探《さが》ししましたっ、おぼっちゃま！」

おぼっちゃま？　なんだよ、それ？　ぼくって、そんないい家の子だったっけ？

大地には、何のことやら見当もつかなかった。タオルケットを払《はら》いのけ、懐中電灯《かいちゅうでんとう》をかまえ、おそるおそるベッドをおりる。

「だ、だれですか？　おぼっちゃまって……」

かすれた声でそう言い返したが、恐怖《きょうふ》でオシッコをちびりそうだった。

少年の体臭《たいしゅう》がツンとにおっている。

「く、臭《くさ》い……」

いってしまってから、両手で口をおさえた。こいつを怒《おこ》らせたら、ヤバいに決まっている。

するとその少年は、正座《せいざ》したまま、さっと後ろににじり下がった。

「申《もう》し訳《わけ》ありません。風呂《ふろ》がきらいで、いつか奥様《おくさま》に洗《あら》っていただいたきりなんです」

奥様？　うちには、パンダみたいに太った女性《じょせい》しか、いませんけど……？

大地《だいち》は、入り口のドアを何度も振《ふ》り返ったが、けっきょく恐怖《きょうふ》のあまり体が固まって、一歩もその場から動くことができなかった。

冷《ひ》や汗《あせ》だけが、頬《ほお》をつたう。いつか読んだ怪談話《かいだんばなし》を思い出した。幽霊《ゆうれい》におそいかかられ、屋上から身を投げた男の子の話。知らない世界に閉《と》じ込《こ》められた女の子の話。呪《のろ》われたり、魂《たましい》をぬかれたりしたら、大変だ！

両方のこぶしに力をこめた。なんとかしなくちゃ！

「それで、君はだれ？　何しにきたの？　あの世から来たって。も、もしかして、ゆ、幽霊？」

言葉にしたとたん、懐中電灯《かいちゅうでんとう》を持つ手がわなわなと震《ふる》え出し、膝《ひざ》がガクガクし出した。

少年は、二重あごを作って大きくうなずいた。

「そうです。しかし、わたしは幽霊《ゆうれい》といっても、そんじょそこらの幽霊とはちがいますよ。ちゃんと足もあるでしょう。地に足が着いてる真面目《まじめ》な幽霊、なんちゃって……」

笑っていいのかどうか、わからない。やっぱりこの世の人ではなかった。とにかく最悪の答えだった。

大地《だいち》は、両手を膝《ひざ》につき、ふらつきそうになる自分を支《ささ》えた。そのとたん、手にしていた懐中電灯《かいちゅうでんとう》が、コロンと床《ゆか》に転がった。しかし、それを拾い上げる余裕《よゆう》も、今の自分にはない。

少年は、正座《せいざ》したまま身を乗り出して、こういう。

「会いたかった。会いたかった。こうしてわたしを呼《よ》んでくださって、本当にありがとうございました。あの世の雲の隙間《すきま》から、このあたりをさまよう黄色の魂《たましい》の玉を目にしたとたん、何か強い縁《えにし》を感じ、導《みちび》かれるようにして、やって参《まい》りました。やっぱり、おぼっちゃま、あなただったのですね……！」

少年の話し方は、幽霊のなまりなのか何なのか、イントネーションにクセがある。よほど感激《かんげき》したのか、涙《なみだ》をこぼし、太い指で何度も目もとをぬぐっている。

黄色の光？　昼間教室で見たやつかな？

大地は、そう思ったが、変にそのことをいい出すのも、やぶへびかと考え、だまってつばを飲《の》み込《こ》んだ。しかし、どうしてもよくわからなくて、少年にたずねてみた。

「会いたかったたって……？」

「おぼっちゃまの方だって、わたしに会いたかったでしょう？」

「…………」

喉《のど》がしめつけられるような気がした。もし会いたくなかったなんていったら、この幽霊《ゆうれい》は、ぜったい気を悪くしそうだ。

「ね？　会いたかったでしょう？」

「……、う、うん。まあ。会いたくなかったっていうわけじゃない、です……けど」

大地《だいち》はそういいながら、幽霊にまで気をつかってしまう自分に、ほとほといや気がさしていた。

「……よかった！　もちろん、わたしも、過去《かこ》のことには、こだわらないつもりです」

正座《せいざ》していた少年は、目を輝《かがや》かせていきなり立ち上がった。

ヤバい。こいつがだれかも知らないくせに、やっぱりウソはいけない。きっとすぐバレる。そしたらもっと、ひどい目にあうかもしれない。

「だけど、君がだれかは、わかりません。あ、すみません。ぼく、記憶力《きおくりょく》悪くって……。本当にごめんなさい」

そういって、頭をペコペコ下げる。

「は？」

少年は、まん丸い目で大地《だいち》を見つめた。

「覚えていらっしゃらない？　なぜ？　会いたかったといってくださったのに」

「いや、会いたくなかったというわけじゃないっていうだけで。でも、やっぱり知らない！　君なんか！　知らない」

だんだん少年の顔が、けわしくなり、声にドスがきいてくる。

「知らないだって？」

少年のほっぺたにある傷《きず》から、ぽとり、ぽとり、と血がしたたった。

少年の顔は血まみれになり、下のカーペットが、血の海になっていく。

大地の体中が震《ふる》え出し、止められない。

「ひえー！　オバケみたいな顔……」

そう叫《さけ》んでから、気づいた。いや、この人はもともとオバケだった。

少年はこういった。

「知らぬ存《ぞん》ぜぬとは、あまりにひどい！　わたしのことを知らないなんて、それじゃまるで、太陽が毎朝、西からのぼるのを知らないというのと同じでございます！　とぼけるのも、いいかげんにしてください！」

大地《だいち》はまた迷《まよ》った。いうべきか、いわざるべきか。でも、つい口がすべってしまった。

「えっと……。太陽って西からのぼるんだっけ？　確か東じゃなかった？　あ、別にどっちでもいいけど。ごめん、気にしないで」

少年は、ついていた血のせいでよくわからなかったが、顔をぱっと赤らめたようだ。両手で左右のほっぺたを、ぴしゃりと押《お》さえた。

「そ、そうでした。東からでした。……ああ、本当にいやになる！　自分はどこまで、すっとこどっこいなんでしょう！」

そして、がっくりとうなだれて、その場にドシンと腰《こし》をおろし、あぐらをかいた。

大地は、この幽霊《ゆうれい》がちょっと気の毒になってきた。

「……まあ、そう落ちこまないで。だれにでも間違《まちが》いはありますから。元気出して……」

といいかけて、オバケに元気出してというのも、どうかと思い、とちゅうで口をつぐんだ。

「ありがとうございます。おぼっちゃまは、昔からおやさしかった。でも、本当にわたしのことを忘《わす》れてしまったのですか?」

「……う、うん。覚えてない」

「では、こうなったら、なんとしても思い出していただかないと! わたしは、ただの幽霊《ゆうれい》の分際《ぶんざい》。勝手にこの世の魂《たましい》を、あの世に連れていくことはできません」

「……あ、あの世に? や、やめてよ! そんなの! ぼ、ぼく、君のことなんか、思い出したくない!」

いいながら、もしかすると、これは夢《ゆめ》かもしれないと思った。

もし、夢だったら、早く覚めて!

そいつは、立ち上がり、いよいよ一歩一歩、近づいてきた。

トントントン……。ピーヒャララ。ベベンベンベン。

どうやらこの音楽は、この少年が登場するときのバックグラウンドミュージックらしい。

幽霊が出るときの、ひゅ~どろどろどろ~っという音は、この少年の場合どうやら当てはまらないようだ。

「わたしの名前は、リュウ・シャン。これをいっても、思い出せませんか?」

「シャンシャンだか、シャンプーか知らないけど、本当に知りません。お願い。もう、帰って！」

少年は、思いつめたように、唇《くちびる》をかんだ。

「困《こま》ったな。……では、ちょっとわたしといっしょに、来ていただきましょう」

とつぜん右手を差し出されたので、大地《だいち》は心底ビビッた。

少年は手のひらを上に向けた。すると、その上に、小さな何かが渦《うず》を巻《ま》き始める。

これも、最悪なもの。小さな小さな竜巻《たつまき》！

「おまえ、もしかすると、竜巻の精《せい》？」

大地は、いつか学芸会でやった役、「森の精」のことを思い出していた。

いや、今はそんなことを考えている場合ではない。

少年はせつない目をしていった。

「竜巻は、天とこの地をつなぐもの。われら天の者が旅するときは、その力を借りる……」

渦はどんどん大きくなる、人を飲みこむくらいにまで。

まずい！　竜巻攻撃《こうげき》だ。ひょっとして今日の竜巻も、こいつのしわざか？

大地はあわてて部屋のドアに突進《とっしん》すると、大急ぎで開けて、廊下《ろうか》に出た。

「助けて！　助けて！」

だけど停電で真っ暗だ。しまった、懐中電灯《かいちゅうでんとう》を持って出るんだった!

二階のとなりの部屋のドアが開いて、母ちゃんの声がした。

「どうしたの?　大地《だいち》!」

「お、おばけが出たんだよう!」

しかし、シャンは、青く光りながら、とても太っているとは思えない身のこなしで、すぐそばまで追ってきていた。

ヒュルルルル……。

小さな竜巻《たつまき》に包まれながら!

逃《に》げろ!　大地は自分に叫《さけ》んだ。

むちゅうで階段《かいだん》をかけおりた。暗くて足下《あしもと》が見えず、ふみはずしそうになった。

「あっ!」

とうとう右足がすべって宙《ちゅう》に浮《う》いた。だがそのときだ。冷たい手が、大地の手を取る。

「さあ、行きますよ!　なつかしい世界へ!」

「なつかしい世界って……?」

階段の下に落ちていくはずの体が、空中で回転する。渦《うず》の中に放《ほう》りこまれたのだ。竜巻の中で、グルグル回る。

「わあ、ぶつかる！」

まわりの壁《かべ》がこわくて、頭をかかえる。

大地《だいち》はじっと目を閉《と》じていた。というより、まぶたを開くと、強い風が当たるので、目を開けていることができない。

少年は、大地の右手を、ぎゅっとにぎっている。その冷たい感触《かんしょく》だけが頼《たよ》りだった。

竜巻《たつまき》は、どこかへ移動《いどう》しているのか、同じ場所で回っているのか、さっぱり見当がつかなかった。

ひょっとして、この家を破壊《はかい》して、竜巻ごと、どこかに飛んでいるのか？

大地のまぶたの向こうに、ピンクや、黄色、紫《むらさき》、さまざまな光が差しこんでは消えていく。

歯をくいしばって、揺《ゆ》さぶられ続ける。

しかしとつぜん、体がぽーんと渦《うず》の外に放《ほう》り出されるのがわかった。

顔に吹《ふ》き付けていた風が、いきなり止《や》んだのだ。

大地は、ゆっくり目を開けてみた。まだ、目が回って、フラフラする。

「こ、これは……！」

ぼんやりした頭に、いきなり衝撃《しょうげき》がきた。
自分のまわり、はてしなく広がる空間には、たくさんの銀色の星々がまたたいていた。
そして、見下ろした足下《あしもと》には、大きな青い星が。
大地《だいち》は、少年と握手《あくしゅ》するように手をつないだまま、浮《う》かんでいたのだ。
青い地球が見おろせる、宇宙《うちゅう》空間に！

4——ふしぎな学校

こ、こえぇ！

自分の置かれている状況《じょうきょう》がわかったとたん、パジャマの足下《あしもと》に震《ふる》えがきた。

どうして浮《う》いているんだろう？　なぜ、落ちないの？

次に、息を吸《す》ってみた。ここには空気があるのか？

だいじょうぶだった。なんとか吸えている。

でも、宇宙《うちゅう》で地上と同じ空気が吸えるなんて、おかしな話だ。いくら大地《だいち》でも、それくらいわかった。

なんだ、やっぱりこれは夢《ゆめ》なんだ。だったら、怖《こわ》がることないや！

手をつないでいる幽霊《ゆうれい》少年の顔を、ゆっくりと見た。

丸い顔で、にっこり笑いかけてくる。地球を見下ろしながら、なんて余裕《よゆう》だ！

ひょっとしてこいつ、竜巻《たつまき》の精《せい》、ではなく、地球を征服《せいふく》しにきたエイリアンか？

それにしては、西も東もわからないなんて、かなり危《あぶ》なっかしいけど……。

ま、なんでもいいや。とにかくこれは夢《ゆめ》なんだ。

見下ろすと、青い地球には、ところどころ白い雲がかかっている。

太陽の光が地球の半分を明るく照らし、まるで超早送《ちょうはやおく》りのＤＶＤのように、昼になったり夜になったりをくりかえしていた。

ものすごい勢《いきお》いで、時間が流れている……？

そんなことを思ったとたん、少年はいきなり、大地《だいち》の手をはなした。

「え！」

体が落ちはじめたではないか。

「ねえ！　助けて！」

「さあ、始めますよ！」

「何を？」

「昔のことを思い出していただくんです。わたしは、おぼっちゃまが、どんな暮《く》らしをしていたか、よく知っています。その世界に、これからあなたを放り込《こ》みますから」

「助けて、助けて、助けてぇ〜〜〜〜〜〜！」

上にいる少年が、どんどん小さくなっていく。

しかしなぜか落ちるスピードは、ゆっくり、ゆっくり。まるで羽がふわりと舞《ま》うような感じだった。

体が何度も回転する。何かをつかみたくて、両手がもだえる。恐怖《きょうふ》で歯の根が合わない。いったいどこへ落ちていくのか、ひたすら、下の方向を何度も確認《かくにん》する。上から、さっきの少年が追ってきてはくれまいか、つい、すがるように見上げてしまう。

幽霊《ゆうれい》なんかあてにしても、しかたないのに！

やがて、白い雲の中に入った。雲の中は、ひんやりしている。しばらくずっと、あたりは白い。でも落ちていく。そしてとうとう、雲の下に出た。

目の下は、見渡《みわた》す限《かぎ》りの、緑の草原。草は、風にふかれてそよそよとなびき、日の光を受けて輝《かがや》いている。

体があおむけになる。両手両足を投げ出し、落ちていく。

見上げると、青い空のところどころに、さっき通ってきた白い雲が、ほうきで掃《は》いたような線を描《えが》いて浮《う》かんでいた。

また体が下向きになった。

よく見ると、遠く向こうに、キラキラ光る大きな川があった。そのそばには、高い木がぱらぱらと立っている。

そして、草原には、線路が敷《し》かれているのだった。どこまでも、どこまでも。

遠くからやってくるのが見えた。電車、じゃなくて、煙《けむり》を吐《は》く汽車ぽっぽだ。

ボー！　耳をつんざくような汽笛が鳴る。長い客車を引き、猛《もう》スピードで突進《とっしん》してくる。

落ち続けている大地《だいち》はあせった。このままでは、ちょうど線路の上に降《お》りる。しかも汽車の目の前に！

しかし、どうすることもできなかった。あと十メートル……、五メートル……。

大地はそのまま、線路にふわりと降り立つ。

にげる間もなかった。

ボー！　見上げるほど巨大《きょだい》な機関車の鼻先が目の前に！

そこには、こうカタカナで書いてあった。

「パシナ」

機関車はガガガガッと大地の体にあたり、目の奥《おく》で何かが炸裂《さくれつ》した。

気がついたとき、大地《だいち》は机《つくえ》の前に座《すわ》っていた。自分の部屋の、ではない。風台《かぜだい》小学校の、でもない。どこか知らない教室だ。机も椅子《いす》も木でできている。

まわりには、同い年くらいの子たちが、姿勢《しせい》をピンと正して座り、女の先生がひくオルガンに合わせ、大きな声で歌っていた。

かねを鳴らして　夜汽車が通る
からんからんと　鳴らして通る
かねはかれ山　かれ野にひびく
空の遠くの　月にもひびく
鳴って　鳴らして　ずんずん通る

まわりにいる子どもたちのようすがおかしい。男の子たちは、みな坊主頭《ぼうずあたま》で、カーキ色の半ズボンに同じ色のえりのある上着を着ている。

女の子たちは、おかっぱか三つ編《あ》みで、白いブラウスの下に、着物の生地《きじ》で作ったズボン、つまり、もんぺをはいている。

女の先生は、髪《かみ》を結《ゆ》い、同じようにブラウスともんぺ姿《すがた》だ。

ふと、となりの席の子を見て、思わず飛びすさりそうになった。

髪は二本の三つ編みだが、間違《まちが》いなく命令女のスミレだ！

「スミレちゃん！」

スミレは、きょとんとした顔をした後、それから、人差し指を口に当てた。

「しっ。今は授業中《じゅぎょうちゅう》よ。お静かに」

「は、はい。すみません……」

でも、こんなところで会えると、スミレでも心強い。

授業が終わるのを待つことにした。きょろきょろまわりを見回すと、自分の様子までおかしいことに気づく。胸《むね》に「徳永大和《とくなが》」という名札をつけている。

いったいだれだよ。徳永って！　ダイワって、なんだ？

それに、ほかの男子が坊主頭《ぼうずあたま》なので、まさかと思って頭に手をやると、やっぱり自分も同じだった！

これはショック！

いやだよぼく、こんなダサい髪型《かみがた》！　高校球児じゃあるまいし！

授業《じゅぎょう》が終わった。先生が前に立つと、みんないっせいに椅子《いす》の音を立てて立ち上がった。ピシッと礼をする。

それからみんなは、ランドセルに文房具《ぶんぼうぐ》を入れはじめる。皮ではなく、布《ぬの》でできたランドセルを持っている子もいる。

教科書にノート、鉛筆《えんぴつ》……。どれも、博物館に飾《かざ》ってあるみたいに古い。

大地《だいち》はそのようすを、こそこそと見て回る。

あの幽霊《ゆうれい》がいった通り、昔の世界に放り込《こ》まれたんだ……。

授業も終わっていたし、もういいだろうと、スミレに声をかけた。

「スミレちゃん、教えて。いったいここはどこ？　今は何時代？」

すると、スミレは、ぷっと吹《ふ》き出したではないか。

「いやですわ、ヤマトくん。わたしの名前は、山科《やましな》サクラですわ。転校してきたばかりだから、忘《わす》れてしまったの？」

「山科サクラ？」

同じ「山科」ではあるが？　まじまじとその顔を見る。でもスミレとうり二つ。

しかし、物のいい方が、ぜんぜんちがっておしとやかだ。

その子は、女神《めがみ》のような笑顔《えがお》でほほえみかけてきた。

「転校してきたのが、夏休み前だったから、覚えていらっしゃらないのね。内地の九州からきました。よろしくお願いします」

「そ、そうですか……。スミレじゃなくてサクラちゃんか……」

「ヤマトくんたら、隣《となり》の席なのに！」

まわりの子たちが、からかってくる。どうやら、大和、と書いて「ヤマト」と読むらしい。

なんだか、宇宙《うちゅう》戦艦《せんかん》ヤマトみたいでかっこいい。そこへ、

「大和ちゃん。いっしょに帰るんですよ」

ランドセルをしょった男の子が、近づいてきた。

小柄《こがら》だが胸《むね》を張《は》り、常《つね》にあちこちを見回し、一見して頭の回転がよさそうな男の子だ。しかし、いったいどこの方言なのか、日本語が少しなまっている。

「帰るんですよ」というのは、「帰ろう」という意味らしい。

「は、はい……」

自分一人では、ここからどこに行っていいのかもわからない。

「ぼ、ぼく、家の場所わすれちゃった。教えて」

というと、男の子は、アハハと笑い出した。

「こまったーねえ。今日も、おとぼけなんですよ」

男の子の名前が、「川端龍之介《かわばたりゅうのすけ》」であることが、胸《むね》の名札からわかった。

ここの学校では、帰るときも、名札をつけたままにするらしい。

川端龍之介は、教室の出口に向かった。大地《だいち》も、あわてて机《つくえ》の上の物を、椅子の後ろにかけてあったランドセルにつめこんで背負《せお》い、後を追った。

教室の入口には、大地の学校と同じく、六年一組と書かれている。

レンガ造《づく》りの校舎《こうしゃ》。広い木の廊下《ろうか》を、生徒たちの波に乗ってガヤガヤと歩いていった。

木の枠《わく》の大きな窓《まど》の向こうには、広い土の校庭が見える。校庭のまわりには、低い木がならべて植えられていた。

昇降口《しょうこうぐち》のくつ箱で、いっしょうけんめい「徳永大和《とくながやまと》」の名をさがし、うわばきをズック靴《ぐつ》にはきかえて外に出た。友だちについていくのがやっとだ。

大きな玄関《げんかん》を出て、校門のところまで来て目を見張《みは》った。

男の子たちが、みんないったん足を止めて振《ふ》り返り、校舎に向けて兵隊みたいに右手を上げて敬礼《けいれい》しているのだ。女の子たちは、ていねいにお辞儀《じぎ》をしている。

大地《だいち》は、校門の外に回って、木の札に書かれている学校の名を確かめた。

新京大文字在満國民學校《しんきようだいもんじざいまんこくみんがつこう》
漢字が多くて大地には読めなかった。本当にここは日本なのか？

「さあ、行くんですよ」

龍之介《りゆうのすけ》は、石畳《いしだたみ》の広い通りを、ずんずん歩いていく。

青空の下、さわやかな風が吹《ふ》いていた。レンガの建物が多くて、街はヨーロッパ風。電信柱はない。ギシギシと車輪の音をさせて、馬車が通りすぎていく。

おまけに、荷物の袋《ふくろ》を背中《せなか》に乗せたロバも！　大地は、ロバが町を歩いているのを、生まれて初めて見た。

通りには、日本語の看板《かんばん》と、中国語っぽい漢字ばかりの看板。

歩いている人たちは、男の人たちは、シャツにズボン、女の人たちは、着物か洋服。中には、中国の服を着て、つるりとした頭に帽子《ぼうし》をかぶっている人もいる。

屋台では、その中国風のかっこうをした人が、饅頭《まんじゆう》や飴《あめ》を売っている。

ふうん。夢《ゆめ》の中っていうのは、やっぱり、ぐちゃぐちゃなんだなあ。

大地《だいち》はもう、いちいち驚《おどろ》かないことにして、川端龍之介《かわばたりゅうのすけ》といっしょに歩いていった。

線路にかかった長い石の橋を渡《わた》る。緑豊《みどりゆた》かな住宅街《じゅうたくがい》の角をいくつか曲がると、レンガ作りの大きな建物の前に出た。

「ほら、ここが大和《やまと》ちゃんちですよ」

龍之介が、わかっているくせに、みたいな感じで、大邸宅《だいていたく》、といってもいい家を指し示《しめ》した。

三角の屋根にはレンガの煙突《えんとつ》がついている。

「君の家はどこだっけ？」

たずねてみると、龍之介は、また笑いながら、となりの家を指した。それから思い出したようにこういった。

「後で、公園に魚釣《さかなつ》りに行くんですよ」

「魚釣り？　あ、ああ、いいよ。むかえに来てくれる？」

「わかりましたよ」

龍之介は、となりの家の門の中に消えた。その家はさらに大きく、西洋風で、まるで貴族《きぞく》の屋敷《やしき》のように大地には思えた。

さあて、どうしようか。あの男の子が来るまで、この家の前でうろうろするか。

大和《やまと》の家だといわれた邸宅《ていたく》の庭には、紫色《むらさきいろ》のコスモスが植えられている。白い木の枠《わく》に縁《ふち》どられた窓《まど》。レースのカーテンのむこうを、のぞきこんだりしていると、いきなり「大和ちゃんち」の玄関《げんかん》の白いドアがガチャリとあいた。

「何してるの。早く入りなさい」

着物を着て、袖《そで》つきの白いエプロンをつけた女の人だ。色白で、黒い髪《かみ》をきっちり結《ゆ》っている。

「あ、あの……?」

「た、ただいま!」

「ただいま、のごあいさつは?」

「ただいま帰りました、でしょう?」

「ただいま帰りました!」

ほかの子が学校でしていたように、ぺこりと頭を下げた。

たぶんこの人は、徳永《とくなが》大和の母親だな?

うながされるままに、大地は家の中に入って、靴《くつ》をぬぐ。

玄関の右手には、暖炉《だんろ》がある大きな応接間《おうせつま》があり、その奥《おく》に、白いテーブルのある台所が続いている。

「ふかしイモがあるから、手を洗《あら》っておいで」

と、母親はいう。

大地《だいち》は、家の中を歩き回って、陶器《とうき》の洗面台《せんめんだい》がついた洗面所を見つけだすと、手を洗った。

そこで、鏡を見て、気づいた。映っていたのは、自分そっくりの坊主頭《ぼうずあたま》の男の子。

台所にもどると、テーブルでは、すでに小さな男の子が、サツマイモにかぶりついている。

となりにすわり、皿の上のイモに手をのばす。

さわるとまだ熱い。ほかほかして、おいしそうなイモ！

そのとたん、台所の奥《おく》にある、通用口のドアが開いた。

少年が、顔を出した。見覚えがあった！

間違《まちが》いない、あの幽霊《ゆうれい》少年だ！　太って、茶色い上着とズボンをはいている。だが、ほっぺたに傷《きず》はない。少年は母親に告げている。

「奥様《おくさま》、炭を運ぶ仕事が終わりました」

「ありがとう。お使いにも行ってくれた？」

少年は太った胸《むね》を張った。

「はい、砂糖《さとう》と塩と醬油《しょうゆ》を買って参りました！」

母親が細い眉《まゆ》を寄《よ》せる。

「砂糖と塩と醬油？　醬油なんて頼《たの》んでいませんよ。頼んだのは、砂糖とお塩と小麦粉！」

「あ……。まちがえた。つい、みんな調味料だと思って……。小麦粉とは、思いもしなかった」

少年は自分の額《ひたい》を、ペンと手でたたいた。母親がしかっている。

「どうして、よく確かめないでいつも先に動いてしまうの！　手帳に書き付けてからお使いに行きなさいって、いつも言っているでしょう？」

「は、はいっ。早速《さっそく》！　取り替《か》えてもらって参ります！」

「いいの。醬油はどうせ使うから。とにかく頼んだ小麦粉を買ってきて」

「かしこまりました！　パシナの速さで行って参ります！」

パシナ？　さっき見た機関車のことか？

少年は、急いで姿《すがた》を消そうとする。しかし去り際《ぎわ》、大地《だいち》に気づいて、さっと頭を下げた。

「お帰りなさいませ。おぼっちゃま」

トントントン……。ピーヒャララ。ベベンベンベン。

「これで、思い出しましたか？」

突《つ》っ立っている大地《だいち》の前で、ぼうっと青く光った幽霊《ゆうれい》少年がいった。

そこは、暗い大地の部屋。放《ほう》り出された懐中電灯《かいちゅうでんとう》が、光を放ったまま床《ゆか》の上に転がっている。

はあ、なんとか、帰ってこられたみたい。よかった。大地は、胸《むね》に手を当てて、ほっとため息をついた。

幽霊少年は、大地の表情《ひょうじょう》をうかがっている。大地は、もううんざりな気がして、投げやりに答えた。

「いや、ちっとも！　あんな変な世界なんか、知らないよ……。どうしてぼくが、徳永大和《とくながやまと》なんて男の子になっちゃったの？」

「本当に？　では、あなたの名前は、いったいなんだというんです？」

「ぼくは、高野《たかの》大地。この家の表札にも書いてあったでしょう？　うちは、高野です！　とにかく、人ちがいですってば！」

少年は、いかにも動揺《どうよう》したように、目をぱちくりさせた。

それでも、首をふると、こういい返してきた。

「うそはいけません。その顔は、ぜったいに大和《やまと》ぼっちゃまです！」

「確かに、顔はそっくりだったけど、だからって……」

少年は、耳を貸《か》さずに声をかぶせてくる。

「そしてあなたは、あの世にいるわたしをお呼《よ》びになりましたね？　だからお迎《むか》えにきたのです。さあ、いっしょに行きましょう！　あの世で暮《く》らしましょう～」

「だいたい、あの世なんて、ヤダよ！　ほかにも幽霊《ゆうれい》とかいたりするんでしょ？」

「ええ。そこにいるのは全員この世を卒業した幽霊ばかりですよ。みんなもう死を経験《けいけん》していますから、人間的にもできた人ばかりで、暮らしやすいです。わたしやあなたの家族もいますし、ご先祖《せんぞ》さまだって……」

そう聞いて、大地《だいち》は亡《な》くなったおじいちゃんを思い出した。おじいちゃんは、あの世でどんな風に過《す》ごしているんだろう。

でも、どう考えても、そんな世界にまだ行きたくはない。いったいどうやったら、断《ことわ》ることができるんだろう。こいつを、振《ふ》り切ることができるんだろう。

大地は、知恵《ちえ》を絞《しぼ》って、こう条件《じょうけん》をつけることにした。

「ご、ごめん。行ってもいいけど、百年後くらいにしてくれないかな。ぼく、まだ子どもだし。なんなら、五十年後でも……」

少年が、一歩一歩近づいてくる。

「困《こま》った。納得《なっとく》してもらわないと、このままじゃ連れて帰れない……」

ほっぺたから、ぽとりぽとりと血がしたたりつづけている。

ときどき、ため息のように吐《は》く冷たい息が、大地《だいち》にふっとかかる。

そのときだ。部屋の灯《あかり》がぱっとついた。机《つくえ》の上の電気スタンドも明るく光った。

となりの親の部屋からいきなりテレビの音が聞こえだし、すぐにまた止《や》んだ。

停電が直ったのだ！

目をこらしてみても、少年の姿《すがた》は、もうどこにもなかった。

「あれ、消えた……」

トントントン……。ピーヒャララ。べべンベベンベン。

おはやしの音がどこかへ遠ざかっていく。

部屋には、血の跡《あと》もない。いつものモスグリーンのカーペット。

でもまだ、大地は体の震《ふる》えが止まらなかった。両手で自分の体を抱《だ》いて、座《すわ》りこむ。

「いったいなんだったんだ……。あいつはだれなんだ？」

そうつぶやいて、床《ゆか》の上にしばらくしゃがんでいた。

しかし、ずっと起きていたせいか、気がぬけたとたん睡魔《すいま》が襲《おそ》ってきた。

やがてベッドにうつぶせになると、その体勢《たいせい》のまま眠《ねむ》りに落ちた。


そしてそのまさに同じ夜。

朝鮮《ちょうせん》半島の韓国《かんこく》でも、同じように奇妙《きみょう》な体験をした者がいた。

首都ソウル。夜景が美しい高層《こうそう》ビルの林のかげに、ひっそりと建ったキリスト教会。

三角屋根のてっぺんには、十字架《じゅうじか》がそびえ、ライトアップされている。

教会の一階の奥《おく》にある自室のベッドで、牧師《ぼくし》の李相均《イサンギュン》は、はっと目を覚ました。李の顔はしわだらけで、髪《かみ》は白髪《しらが》だ。枕元《まくらもと》の銀縁眼鏡《ぎんぶちめがね》に手をのばしてかけると、あたりに目をこらした。

見ると、暗闇《くらやみ》の中を、レモン色の光が飛び回っている。

それと同時に、声が聞こえた。

マダ　シネナイ　マダ　シネナイ
アイタイ　アイタイ
ナツカシイ　トモダチ

その声を聞いて、体を起こし、日本語で話しかける。

「もしかすると、呼《よ》んでいるのは、君ですか？」

それから、その光に向かってつぶやいた。

「わたしも一言、あのときのことを、いいわけしたい。会いたいですよ。なんとか、連絡《れんらく》をとる手段《しゅだん》を探《さが》しているんですよ」

レモン色の光は、うなずくように、李《イ》の回りを飛び回っている。

立ち上がり、部屋の電気をつけると、レモン色の光は見えなくなった。

李は胸《むね》の前で十字を切り、素早《すばや》く祈《いの》りを捧《ささ》げる。

それから、パジャマのままマホガニーのデスクの上のパソコンを開くと、背中《せなか》を丸めたまま、何か熱心に、インターネットの検索《けんさく》を始めた。

5――謎《なぞ》を解《と》くカギ

「起きなさい！　早く学校行って！　今日はいつも通り、授業があるって！」

母ちゃんが、大地《だいち》の体をゆさぶっている。大地はまだタオルケットにしがみついていた。

「眠《ねむ》いよう。つかれたよう。学校なんか、行きたくない！」

「何いってるの。今日の給食のおかずは、ハンバーグですって！　ハンバーグよ！」

「そ、そうか！」

ケチャップがたっぷりかかった熱々《あつあつ》のハンバーグを想像《そうぞう》し、大地はガバッと起きる。いつもの母ちゃんの作戦だ。給食のメニューをいえば、必ず目を覚ます。

見回すと、一見、いつもの朝だった。しかしすぐに、昨日の出来事を思い出した。

「ねえ、母ちゃん。昨日変な夢《ゆめ》を見たんだよ。どこかの学校の生徒になっていて。レンガの家に住んでいて、通りを日本人や中国人が歩いているんだ。汽車も走っていて、ひかれそうになった。いったい、どこだと思う？　そんな国……」

　母ちゃんは、腕組《うでぐ》みをし、イライラした感じで体をゆすった。

「昨日は、寝《ね》ぼけていたんで、驚《おどろ》いたわよ。急に部屋から飛び出してきて、階段《かいだん》を駆《か》け下《お》りていくんだもの！」

「え？　ぼく、それからどうなったの？」

「そしたらとちゅうで、急にまた向きを変えて、フラフラと部屋に戻《もど》っていったの。のぞいてみたら、ベッドでぐーぐー寝てるし。まったく夜中に起こされたこっちは、いい迷惑《めいわく》！」

「ご、ごめん……。それで、母ちゃんは、そのとき、太った男の子の幽霊《ゆうれい》を見なかった？」

　母ちゃんは首をぶんぶん振ると、あきれたように、わざとらしいため息をついた。

「もしそんな幽霊がいたら、母ちゃんにも向かってきてるはずじゃない。そしたら、この家には二度と近づくなって、追《お》っ払《ぱら》ってやったかもしれないけど。残念ながらそういうホラーな出来事はなかったわ。……とにかく、朝は忙しいの！　わかってるでしょ？　それになんだか、あなたの部屋、臭《くさ》いわね。こんなに体臭《たいしゅう》きつかったっけ？　昨日お風呂《ふろ》に入らなかったせいかしら……」

　その言葉で、大地も、気がついた。あの少年の体臭が、まだ部屋に残っている！

何度鼻をクンクンさせても、間違《まちが》いなかった。

……やっぱりあれは夢《ゆめ》じゃない！　あいつは、やってきたんだ！


登校しても、授業《じゅぎょう》にまったく身が入らなかった。眠くて眠くてたまらない。朝からずっと窓辺《まどべ》の席につっぷして寝《ね》ていた。となりのスミレが、ときどき、肩《かた》をゆさぶっている。

「ちょっと、起きなさいよ！」

そのたびに、ぐっと首を起こすが、すぐまたぺしゃんとなる。

「昨日、夜、眠れなくてさ……」

あのふしぎな学校で見た、山科《やましな》サクラのことを思い出した。スミレそっくりなのに、とても上品だったサクラ。あれは、ひょっとすると自分の理想を夢に見たんだろうか。

もしスミレが、あれくらいおしとやかだったら、いいのになあ……。

「ちょっと大地《だいち》。ここ、ふりがな！」

今日もスミレは、寝ている大地をつついて命令する。

「は、はい……」

眠《ねむ》い目をこすりながらも、スミレに命令されれば、反射的《はんしゃてき》に手が鉛筆《えんぴつ》をにぎっている。

一番の悩《なや》みはあの幽霊《ゆうれい》少年だった。今夜もまたやってきたりしたら、どうしよう。いったいあの少年は、なぜ自分を徳永大和《とくながやまと》だなんて、決めつけたんだろう？　いくら顔がそっくりだからって……。

だれかに話を聞いてもらいたいけれど、きっと説明しても、母ちゃんみたいに、それは夢《ゆめ》だといわれるのがオチだし……。それにしても、眠《ねむ》い。

担任《たんにん》の小田《おだ》先生が、席のところまで歩いてきて注意をした。

「起きなさい。今、授業中《じゅぎょう》だよ！　昨日の晩《ばん》眠れなかったの？」

大地《だいち》は、びくっとなって顔を上げる。

「す、すみません。竜巻《たつまき》の夢にうなされたんです……」

そう答えると、スミレをはじめ、みんなが肩《かた》をすくめた。

被害《ひがい》の深刻《しんこく》さを、今朝のニュースでもやっていたから、さすがにだれも笑うものはなく、顔を見合わせている。西町《にしまち》では、多数のケガ人が出た上に、亡《な》くなった人もいたのだ。

大地は、先生と目があったとたん、思い出した。

草原を走っていた汽車に書かれていたカタカナ、パシナ。

あの幽霊少年も、確か、パシナのような速さでとか、いっていた。

鉄道にくわしい先生なら、何か知っているかもしれない！

二十分休みに先生が教員室に行ってしまうと、後を追って階段《かいだん》を降《お》り、質問《しつもん》してみることにした。

もし今夜もまたあの幽霊《ゆうれい》少年がきたら……そう思うと、今、動いておかないと、間に合わないような気がする。

二階の職員室《しょくいんしつ》の白い引き戸を開けて中をのぞくと、小田《おだ》先生は、机《つくえ》にむかい、生徒たちの宿題の丸つけをしていた、開いて積み重ねた漢字ノートの山に、赤ペンを走らせている。

忙《いそが》しそうだ。大地《だいち》はひるんだ。でも、聞いてみたい。大地はおくびょうな猫《ねこ》のように一歩ずつそっと踏《ふ》み出し、引き戸を後ろ手に閉め、おずおずと先生の横に立った。

幽霊少年だの、竜巻《たつまき》に乗っただのというと、最初から信じてくれそうにないから、ズバリ、大事なポイントだけを聞いてみようと思った。

「あ、あの……。いいお天気ですね」

話しかけ方としては最悪だと、大地自身思った。この職員室の窓《まど》からは、となりの体育館の白い壁《かべ》しか見えない。小田先生は、ちらりと大地の方を見た。

「そりゃあ、昨日の竜巻よりはね。で、何の用？　ここは職員室ですよ」

大地《だいち》は、ビクンとなった。用事がなければ、職員室《しょくいんしつ》に入ってはいけない決まりなのだ。

「あ、あの。一つ質問《しつもん》があります」

「なんですか?」

先生は、丸つけの手を休めずに、返事をする。

「お……、小田《おだ》先生は……、パシナっていう機関車、知ってますか?」

椅子《いす》をくるりと回転させてふりかえった先生は、うれしそうにほほえんだ。

「パシナ? もちろんです。パシナ式機関車ですね。パシナが引いた豪華《ごうか》な客車を知っていますか? アジア号です! アジア号は戦前の日本の技術《ぎじゅつ》が結集された、すばらしい列車だったんです!」

しかし、先生のいったむずかしい言葉は、大地にはあまり聞き取れない。

「戦前の日本? つまり、戦争が終わるより前っていうことですか?」

「そう。かなり昔です」

「恐竜《きょうりゅう》がいたくらい?」

大地は大真面目《おおまじめ》に質問したのに、先生は、白髪頭《しらがあたま》の額《ひたい》に手を当てて、まいったなという顔をした。

「恐竜《きょうりゅう》が生きていたのは、地球に人類が誕生《たんじょう》するより、ずっと前ですよ。パシナが走っていたのは、そうですね、今から七十年以上前。君のおじいさんが生まれていたか、生まれる前だったか、そのくらいの時期でしょう」

確かに、あの学校や街《まち》のようすは、見たことがない感じだった。それに、学校名の漢字も古かった。

「それで、いったい何県を走っていたんですか？」

「満州《まんしゅう》です、満州！　戦争中、日本が中国大陸に作った国。そこを走った南満州鉄道《みなみまんしゅうてつどう》の特急にアジア号というのがありました。その機関車がパシナ式だったんです。南満州鉄道のレールの幅《はば》は、今の新幹線《しんかんせん》のように広く、だからスピードが出せた。新幹線は戦後、アジア号を元に開発されたともいわれています」

「中国大陸？」

話が、少し見えてきたような気もする。

でも、いきなり満州だなんていわれても、チンプンカンプンだった。

「満州ってなんですか？」

「そうか。まだ歴史《れきし》の勉強も、そこまでやっていなかったね。戦前、満州には日本から数十万人もの人が、海を渡《わた》って移民《いみん》していったんですよ」

先生は、社会科の資料集《しりょうしゅう》を三冊《さつ》持ってきて、大地《だいち》に手渡《てわた》した。

「じゃあ、自分で調べてみなさい。だれかに聞いて鵜呑《うの》みにするだけじゃダメです。自分から動いてみることです」

「……え、ええ?」

大地は資料集をめくって細かい字を見たとたん、三冊そろえて小田《おだ》先生に突《つ》き返した。

「む、無理です。むずかしすぎ! こんな本が読めたら、ぼくはとっくに東大を目指してエリートコースに一歩踏《ふ》み出し、未来の日本を背負《せお》っています」

「……困《こま》りましたねえ。では、図書室で山本《やまもと》先生に聞いてごらんなさい。もっと満州《まんしゅう》のわかりやすい本がないかどうか」

「……そ、そうします!」

大地は、ほっとした。何しろ、勉強が大嫌《だいきら》い。本で唯一《ゆいいつ》読むのは、マンガを子どもむけの小説にしたものくらい。

だが、昨日の夢《ゆめ》を思い出すと、やはり満州について少しは知りたいと思った。

昼休み、図書室に出かけ、司書の山本圭子《けいこ》先生に、満州の本がないか聞いてみる。

「これなら、読みやすいかもしれないわ」

それは、日本の歴史《れきし》の学習マンガのうちの一巻《かん》だった。

「あ、ありがとうございます！　マンガなら、ぼくでもオッケー！」

そのマンガを読んでみて、大地《だいち》は近代日本の戦争の歴史を、初めて知った。

明治時代、日本は、海をこえて軍隊を進め、台湾《たいわん》や朝鮮《ちょうせん》半島を占領《せんりょう》した。

へえ！　知らなかったあ！　朝鮮半島って、今の北朝鮮《きたちょうせん》や韓国《かんこく》のあるところでしょ？

昔日本の領土《りょうど》だったんだ！　マジすげえ！

さらに日本軍は中国の東北部を占領し、「満州国《まんしゅうこく》」という国を作ってしまった！

貧《まず》しい日本の経済《けいざい》を救うべく、満州で農業をする開拓団《かいたくだん》が、数十万人も、内地、つまり日本から送りこまれていった。

みんな満州に行けば、貧乏《びんぼう》からぬけ出せると思って、渡《わた》っていったんだ。

そしてとうとう日本は、アメリカなどの連合軍を相手《あいて》にした「アジア・太平洋戦争」に突《とつ》入《にゅう》していく。

あっという間にアジアの各国を侵略《しんりゃく》していく。

それにしても日本軍かっこいい！　戦争中のアジア地域《ちいき》の地図を見て、感動した。

ベトナムも、カンボジアも、インドネシアも、フィリピンも……、占領《せんりょう》しちゃったの？

今も、日本の領土《りょうど》がこのくらい広かったらよかったのに！　そしたら、修学《しゅうがく》旅行も気軽に国内で、インドネシアのバリ島、……なーんてね。

そして地図で赤く塗《ぬ》られた「満州《まんしゅう》」の部分を見て、大地《だいち》は、はっと気づいた。

地図のまん中に、あった。満州国の首都の名は……。

新京《しんきょう》！

たしか、あの小学校にも「新京」という漢字が入っていた。

あの小学校は新京にあったのか？

やっぱりこれは、夢《ゆめ》なんかじゃない？


放課後、小田《おだ》先生に報告《ほうこく》した。

「図書室で調べてみました。実は昨夜、満州の幻《まぼろし》か何かを見たらしいんです。パシナっていう名前も、新京っていう名前も出てきたんです。おかしいですよね。ぼくは今まで何も満州のことを知らなかったのに」

くわしく話してみると、先生は、アドバイスしてくれた。

「……たぶん夢《ゆめ》だとは思いますがねえ。大地《だいち》くんの家族や親戚《しんせき》に、だれか満州《まんしゅう》にいた人はいませんか？　その話を聞いたことがあって、夢に出てきたとか」

「え？　満州の話なんて、ぜんぜんそんな話は聞いたことがないけど……」

「自分のおじいさんやおばあさんに、満州で暮《く》らした人がいないか、お母さんに聞いてみたら？　何かヒントになるかもしれませんよ」

「じゃ、そうします！　ありがとうございました！」

家に飛んで帰った大地は、庭の手入れをしている母ちゃんにたずねてみた。

「ねえねえ。一つ質問《しつもん》なんだけど、うちの先祖《せんぞ》に、だれか満州にいた人はいない？」

母ちゃんは、植木バサミを持ったまま、振《ふ》り向《む》きもせずに、こういう。

「満州？　何それ、ギョーザ屋さんの名前？　となりの駅前にあるよね。いつか近所のお母さんたちでいったら、焼き餃子《ぎょうざ》がおいしかった……」

……まったく、どうしてギョーザ屋の話になるんだ。

「ちがうよ。戦争中、日本が中国に作った国の、満州！」

母ちゃんは、首をかしげる。

「満州《まんしゅう》って、よく知らないけど、そんな話は聞いたことがないわね。亡《な》くなったおじいちゃんは、戦後の生まれだっていうし、ずうっと前になくなったおばあちゃんは、おじいちゃんよりさらに若《わか》いはずだし……。わたしの方の親はずっと、東京に住んでいたし」

亡くなったおじいちゃん、というのは、去年ガンで死んだ、お父さんの方のおじいちゃんだ。同じこの家で暮《く》らし、初孫の大地《だいち》は、ずっとかわいがってもらった。

そこで、思いきって質問《しつもん》してみた。

「徳永大和《とくながやまと》っていう人は知らない？」

「徳永？　歌手の名前？」

「いや、昔、満州に住んでいた人」

「……知らないわね。いったい何を調べてるの？」

「いや、別に。ちょっとね」

こうして、聞き取り調査《ちょうさ》は失敗に終わった。どうやら、大地の知り合いに、徳永大和さんはいないらしい。

やっぱり、人ちがいですってば！

大地は、声を大きくして、あの幽霊《ゆうれい》少年に叫《さけ》びたかった。

6――魚鍋《さかななべ》

もう二度と、あの幽霊《ゆうれい》がやってきませんように！

ほっぺたからしたたる血を思い出すだけで、大地《だいち》は、気分が悪くなり、胃のあたりがゾワゾワする。

だんだん夜が近づいてくる。

もう、来るなよ！　それに、きっと人ちがいなんだってば！

電気をつけっぱなしにしたまま寝《ね》る。これならだいじょうぶ！　と思ったのに、いつのまにか、母ちゃんに消されていたらしい。

真っ暗な部屋。真夜中にまた、聞こえてきた。

トントントン……。ピーヒャララ。ベベンベンベン。

うぎゃー！　また来た！

窓《まど》の下にぼうっと青く現《あらわ》れた少年は、正座《せいざ》をすると、手をついておじぎをしてから、こういいだした。

「へい、お待ちどおさま。本日は、昨日の続きでございます……」

大地《だいち》は、ベッドから起き上がりながら叫《さけ》んだ。

「……もういいよう。わかったから、昨日ので、じゅうぶん」

少年は目をかがやかせる。

「じゃ？　思い出しましたか？」

「……い、いやそういうわけじゃないけど」

ヒユウウウ……。少年が手の上で小さな竜巻《たつまき》を作る。

「わかってもらうまでは、引き下がるわけには参《まい》りません」

執念深《しゅうねんぶか》いなあ。ああ、もうやめてくれよお。ぼくは、眠《ねむ》いんだよう。

しかし、大地は、あっという間に渦《うず》の中に引きこまれた。

やがて竜巻から放りだされ、またあのおかしな世界に飛びこんでいく。

目を開けると、また満州《まんしゅう》の徳永大和《とくながやまと》の家だ。

大地は、テーブルにむかってサツマイモをほおばっていた。すでにほとんど食べ終わっている。イモはぜんぜん甘《あま》くはなくて、なんだかぼそぼそしている。

となりでは、小さなな男の子がまだイモを食べている。部屋の中に、母親と、幽霊《ゆうれい》少年の姿《すがた》はない。そこへ、玄関《げんかん》から声がした。

「大和《やまと》ちゃん。魚釣《さかなつ》りに行きますよ」

あの小柄《こがら》な同級生、川端龍之介《かわばたりゅうのすけ》が、となりの家から約束通りむかえにきてくれたのだ。

「あ、う、うん……」

大地《だいち》が出ていくと、玄関に立った龍之介は、バケツとザル、味噌《みそ》の入った壺《つぼ》を用意している。

「大和くんも、魚を入れるバケツを持っていくんですよ」

大地がバケツを探《さが》しにいくと、小さな男の子が、ぱたぱたと追いかけてきた。

「お兄ちゃん、出かけるの?」

そうか。こいつは大和の弟なんだ。

「あ、ああ……。ちゃんと留守番《るすばん》してろよ」

「わかった。早く帰ってきてね」

「うん……、ところで、バケツがどこにあるか、知ってるか?」

弟に持ってこさせたブリキのバケツを持って、玄関を出た。

龍之介《りゅうのすけ》に、最初に確かめたかったことを聞いてみた。

「ここって、満州《まんしゅう》だよね？」

龍之介は、眉《まゆ》をしかめた。

「は？　もちろん満州国なんですよ」

「ここは首都の新京《しんきょう》？」

「……当たり前ですよ。今日は、おかしいなあ。熱でもあるの？」

龍之介は、大地《だいち》の額《ひたい》に手を当ててみる。

「……いやあ。一応《いちおう》、念のためにね。それで、どっちに行くんだっけ？」

「順天《じゅんてん》公園に決まっているんですよ！　さあ、行くんですよ！」

家から線路を渡《わた》る橋を越《こ》え、学校のそばの大通りを進み、えっちらおっちら歩く。

大通りは、だだっ広く、プラタナスの木が植えられている。

両側には、レンガ作りの二階建ての集合住宅《じゅうたく》が、ずっと並《なら》んでいる。

公園の緑が見えてきた。門を入って、小道を進み、大きな池の前に立つと、何そうものボートが浮《う》かんでいた。着物を着た女の人たちが、日傘《ひがさ》をさして乗っている。

さわやかな風が吹《ふ》いている。日差しを受けて、木々の緑が明るく光っている。

すると、向こうから、同じ小学校の生徒らしい五人の男の子たちが近づいてきた。いきなり、いちゃもんをつけてくる。

「おい大和《やまと》！　チョンなんかと遊ぶのいいかげんやめろよ！」

そのとたん、横にいる龍之介《りゅうのすけ》の顔が、さっと青ざめた。唇《くちびる》をかんでいる。

五人はしばらく、半ズボンのポケットに手をつっこみ、二人のまわりを、にやにやしながら取りかこんだが、大地《だいち》がぽかんとしているせいもあってか、やがてそのまま離《はな》れていった。

大地は、わけがわからず、龍之介の顔を見返した。

「……チョンって、何？」

龍之介は、きっとなって大地をにらんだ。

「知ってるんですよ、大和くんだって。ぼくが、朝鮮人《ちょうせんじん》であることは！」

そうか。チョンって、朝鮮人のことだったのか。満州《まんしゅう》には、中国人だけでなく、朝鮮人もいたんだ……。

「……う、うん。でも、それが、何か？」

「……やっぱり知っていたんですね。今までいわなかったのは、気をつかってくれたからですか？　ぼくと遊ぶなっていう日本人の親は多いみたいですよ」

「でも、関係ないじゃない、朝鮮人《ちょうせんじん》だって、日本人だって、中国人だって……」

風台《かぜだい》小学校にだって、さまざまな国からきた子たちがいる。でも、だれとでも仲良く遊ぶし、差別なんかしない。

龍之介《りゅうのすけ》は、目を見開いて大地《だいち》を見た。

「何をいってるんですか！　関係はありますよ。ここ満州《まんしゅう》は、五族協和《ごぞくきょうわ》で、どの民族も仲良くといっていながら、実際《じっさい》、満人《まんじん》や朝鮮人は差別されていますよ。バスに乗る順番だって、日本人が一番。肉体労働はクーリーしかやらないし」

「クーリーって？」

「満人の労働者のことじゃないですか！　だいたい、シャンだって満人か漢人《かんじん》だから、大和《やまと》くんの家でボーイとして働かされていて、学校にも行っていないんですよ」

シャンとは、あの幽霊《ゆうれい》少年のことだ。どうやら、中国人にも満州族、漢族がいるらしい。あの幽霊少年は中国人なのだ。

学習マンガを読んでおいてよかった。少し満州の人びとのことが、わかったような気がする。

龍之介の父親は、ここ満州で朝鮮人向けに発行している新聞社の社長をしているという。だから金持ちで、日本人と仲良くし、子どもを日本人向けの学校に通わせているのだと、龍之介は話した。

「朝鮮人《ちょうせんじん》や満人《まんじん》でも、日本人社会に入っていけるのは、金持ちだけですよ……」

重苦しい話になってしまった。が、運よく、ちょうど釣《つ》りのスポットに着いた。

池にかかった橋の上で、作業を始める。

大きなザルの四か所にひもをつけて、つり下げられるようにし、ザルに味噌《みそ》を山盛《やまも》りに乗せる。

「なんか、うんこみたいですよ」

龍之介《りゅうのすけ》がいうと、いっしょになって笑いあった。

……よかった、龍之介のきげんが直って。大地《だいち》は少しほっとした。

そこへ、後ろから視線《しせん》を感じた。

池のほとりの木の陰《かげ》からじっと見ているのは、あの幽霊《ゆうれい》少年、シャンだ。

「シャンが来たんですよ」

龍之介が声をかけると、うれしそうに近寄《ちかよ》ってくる。シャンは徳永家《とくながけ》の使用人だから、本当はいっしょに遊べるような立場ではないのかもしれない。

「さっ。やろうぜ」

ザルを四本のひもでつるし、池の水に入れる。

しかし、そのままでは、ザルが浮《う》いてしまい、うまく水に沈《しず》まなかった。

シャンが、水面をのぞきこみながらいった。

「石を乗せてみては?」

龍之介《りゅうのすけ》がうなずいた。

「いい考えですよ!」

そこで、上に大きな石を乗せてみることにした。うまくいった。味噌《みそ》を乗せたザルは、ブクブクと沈《しず》んでいく。水面の下に、寄《よ》ってくる魚たちの影《かげ》が見えた。

たくさん来たぞ。今だ、それ!

ひもを引っぱってザルを上げる。ザルからあふれるほど、魚が入り、青緑のうろこを光らせ、ぴちぴちはねている!

「やったー!」

「大漁ですよ!」

「すごい! すごい!」

シャンも手をたたいて、飛び上がっている。大地《だいち》と龍之介が、それぞれが持ってきたバケツ

に魚を分ける。それを何回かくりかえした。

とちゅう、シャンは、さすがに気がとがめたのか、先に家に帰ると言い出した。おそらく母親から言いつけられた仕事が、あったにちがいない。ふりむいたときには、いなくなっていた。

こうして、釣《つ》りは終わる。

「やった！　こんなに釣れて、きっと家族も喜ぶぞ！」

魚がいっぱい入ったバケツをさげ、胸《むね》をはって、行進しながら家に帰った。

「うまくいきましたよ！　また明日ですよ！」

家の前で龍之介《りゅうのすけ》と別れる。まだ母親は、帰っていないようだ。シャンの姿《すがた》もない。

大地《だいち》は、魚たちの置き場にこまった。なにしろ、大きなバケツに山盛《やまも》りなのだ。

どこかで、生きたまま泳がせておいた方が、おいしい魚が食べられるにちがいない。そこで、風呂場《ふろば》の湯船に張ってあった水の中に、魚たちを放すことにした。

「まるで、水族館みたいだ！」

泳ぎ回る魚たちを見ながら、大地は一人で大満足だった。

二階の和室に上がると、今度は大和《やまと》の弟が、

「お兄ちゃん。いい子でお留守番《るすばん》してたんだから、遊びにつれていって」

という。まだ弟は四歳《さい》くらいだ。

「しかたないなあ」

すねて泣かれたりしてもめんどうだ。大地《だいち》は、しぶしぶ弟を連れて家を出る。

「どこへ行きたい？」

「あっち」

弟に案内されて、近くの鉄道の線路の方へ向かう。

このあたりは土の道だったが、よく踏《ふ》み固められていて、そばの原っぱでは、キリギリスがたくさん鳴いていた。夕暮《ゆうぐ》れが近づき、とたんに涼《すず》しい風が吹《ふ》いてくる。

道沿《ぞ》いには、泥《どろ》で作ったたくさんの家がならんでいた。

ボロボロの服を着た人びとが出入りしている。どうやら、地元の中国人の家らしい。彼《かれ》らは、きれいに区画整理《くかくせいり》された日本人中心の街中には住むことが出来ず、街の外に追いやられているようだった。

……龍之介《りゅうのすけ》のいった通りだ。かなりひどい扱《あつか》いだ。

大地と弟は、原っぱでしばらくキリギリスをさがしたが、虫かごも持ってこなかったので、追いかけるくらいのことしかできなかった。

それでも弟は満足したらしい。にこにこっと笑った顔は、まだ幼《おさな》くてかわいかった。

やがて、あたりが夕日の色に染《そ》まってきた。大きな赤い太陽が、ストンと、地平線に吸《す》い込《こ》まれるようにして落ちる。それに、腹《はら》ぺこだ。早く晩《ばん》ご飯を食べたい。

「もう帰るぞ！」

弟の手を引いて家にもどった。家では、いなくなった大和《やまと》たちを心配して、母親が待《ま》ち構《かま》えていた。弟の顔を見ると、ほっとした顔になった。

「どこへ行ってたの？　心配させて。大助《だいすけ》はまだ小さいのよ！」

「虫とりだよ」

「泥《どろ》だらけじゃない。今、お風呂《ふろ》がわいたところだから、早く入りなさい！」

いやな予感がした。あの浴槽《よくそう》には魚たちが……。もしあのまま火をたいていたら、大変なことになる。

「……え、えっと、先に大助が入っていいよ」

大地《だいち》はそういって逃《に》げると、弟の大助を、最初に風呂に入らせることにした。何も知らない大助は、素《す》っ裸《ぱだか》になって、風呂場に走っていく。

「待って！　熱いかもしれないから、お母さんが水でうめる！」

母親と大助《だいすけ》がなだれこむように、風呂場《ふろば》に行くと、あんのじょう、「わああ！」「きゃあ！」という悲鳴が聞こえてきた。

大地《だいち》もおそるおそるかけつけていく。首をのばしてみると、タイルでできた浴槽《よくそう》からは湯気が立っている。覗《のぞ》きこんでみると、魚たちが、腹《はら》を上にして一面に浮《う》いている。

「なんなのこれは！」

母親が、顔を両手でおおった。

「いったい、だれ？　こんなことをしたのは！」

弟の大助は、首をふっている。

「ぼく、知らないよ」

母親が、大地をふりかえった。

「大和《やまと》なの？」

「え、え、えっと……」

そこへ、騒《さわ》ぎを聞きつけたシャンが、のそのそとやってきた。

「いったいどうしたんですか？」

「見てちょうだい！」

大和《やまと》の母親が指し示《さしめ》すのを見て、シャンは目を丸くした。

「な、なんと！」

それから、ぷっと吹《ふ》き出し、笑い出した。

「これじゃまるで、魚鍋《さかななべ》だ！　ワハハハハ！」

大地《だいち》もつられて笑った。

「そうだ！　風呂《ふろ》で作った魚鍋だ！」

母親の額《ひたい》に血管が浮《う》いている。

「いったいこの魚はどうしたの？」

大地が、敬礼《けいれい》していった。

「今日、順天《じゅんてん》公園でとってきて……」

いいかけて、口をつぐんだ。母親は、眉《まゆ》を上げていった。

「大和《やまと》！　シャン！　二人とも、ちょっとそこにお座《すわ》りなさい」

二人は、並《なら》んで正座《せいざ》する。それから母親のお説教が、くどくどと続いた。

入浴する風呂に魚を放してはいけないこと。魚が入っていることを知らずに、薪《まき》で風呂をたいたシャンも怒《おこ》られた。

「お風呂《ふろ》をたく前には、必ず蓋《ふた》をあけて中に水が入っているか確《たし》かめるように言っているでしょう。空《から》だきしたら、お釜《かま》がこわれて、大変なことになるっていつも……。なぜ中も確かめずに火をつけたの！」

やっと説教が終わって、二人で魚の片付《かたづ》けにかかる。もったいないので、近所ののら猫《ねこ》たちのエサにすることになった。湯船から魚をすくいあげながら、大地《だいち》とシャンは、顔を見合わせて、まだ笑いが止まらない。

「魚を入れたことを教えなくて悪かったね」

「いえ、いいんです。でも、おもしろかった」

「魚鍋《さかななべ》……。食いたかったね」

「ええ！　魚鍋、最高です！」

その夜、大和《やまと》の父親、大五郎《だいごろう》が部下の運転する自動車で帰宅《きたく》した。軍服を着て、口ひげをはやした貫禄《かんろく》のある男だ。

「おかえりなさいませ」

母親が飛んでいってカバンを受けとっている。

大地《だいち》と弟の大助《だいすけ》、シャンも、その後ろで「おかえりなさい」と頭を下げた。なんだか、この世界にくると、いつもより何度も、ていねいにお辞儀《じぎ》をしなければならない。

「うむ。子どもたちはいい子にしていたか……？」

父親に問われ、大地は、魚鍋《さかなべ》のことを思い出し、冷《ひ》や汗《あせ》を流した。しかし、母親は大地やシャンに目配せして何もいわない。

「今夜は、ギョーザにしましたから」

そういって、台所で夕食の支度《したく》の続きを始める。

「え？　ギョーザ？」

大地は、びっくりして聞き返した。母親はいう。

「ええ。あなたも大好きでしょう？」

家族そろって、食卓《しょくたく》につく。シャンも、太った体を縮《ちぢ》め、遠慮《えんりょ》しながらすみの席に座っている。出てきたのは、スープに入った水餃子《すいぎょうざ》だ。ご飯や漬《つ》け物が添《そ》えられている。

父親は、舌鼓《したつづみ》を打ちながらいった。

「やはり、地元の料理は、その場所の気候にも合っていてうまい。これからも和食ばかりでなく、色々作ってみなさい」

どうやら、ギョーザは満州《まんしゅう》の郷土《きょうど》料理だったようだ！　だから、日本でも店の名前に「満州」が使われたりするんだ……。

夕食の後は、応接間《おうせつま》に移《うつ》り、一家で大型の蓄音機《ちくおんき》を囲み、レコードを聴《き》いた。

それも、音楽ではない。落語だ。レコードに針《はり》を落とすと、ジジジ……という音に混《ま》じって、噺家《はなしか》の声が聞こえてきた。

「おなじみの、お笑いを申し上げます……」

父親は大の落語好きで、同じレコードを何度もかけ直して笑っていた。

シャンも、一家の中に加わって、いっしょに大笑いしている。

「わははは……！　わははは！」

どうやらこれが、家族の最大の楽しみのようだった。

そして、大地《だいち》にはわかった。

シャンの幽霊《ゆうれい》が登場するときと、いなくなるときのあの音楽は、お祭の音楽ではない。

太鼓《たいこ》と笛と三味線《しゃみせん》の音は、落語家が登場するときの「出ばやし」だったのだ。

7——虐殺《ぎやくさつ》

トントントン……。ピーヒャララ。ベベンベンベン。

「というわけでございます。続きを見て、思い出しましたか？」

真夜中の大地《だいち》の部屋。そう。ここは満州《まんしゆう》じゃなくて埼玉県《さいたまけん》。

ぼうっと青く光るシャンが、窓《まど》の下に正座《せいざ》している。

ほっぺたから血はしたたっているものの、魚をいっしょにとったあのシャンだと思うと、大地はあまり怖《こわ》さを感じなくなっていた。しかし、がんとして首を振《ふ》った。

「いったいぼくに見せているのは何？　昔の出来事？」

「そうです。あなたとわたしが、楽しく過《す》ごしていたころの生活です」

「……ぼくは、そこで、まるでロールプレイングゲームみたいに、いろいろ経験《けいけん》させてもらった。でもあれは、ぼくが本当にやったことじゃない。だれか他《ほか》の人の話だよ」

「往生際《おうじょうぎわ》が悪いですね！　いっしょに遊んだのは、覚えているんでしょう？」

「覚えてないってば。ちがうってば……」

「いえ、あらゆる時空をかけめぐって、やっとおぼっちゃまがここにいるのを探《さが》し出したのです。まちがいありません。会いたかった、本当に会いたかった……！」

シャンは、また涙《なみだ》ぐんでいる。

たとえシャンが、徳永大和《とくながやまと》となかよく遊んだ人のいいやつだったとしても、大地《だいち》は、なんとしても、この少年から逃げたかった。

「ひょっとして、魚鍋事件《さかななべじけん》でいっしょに怒《おこ》られちゃったから、恨《うら》んでいるの？　それで、化けて出たの？」

するとシャンは、目を見開いた。

「ちがいます！　本当にあのころは、楽しかった！　魚鍋は、忘《わす》れられない思い出です。落語も大好きで、よく、ものまねをして楽しみました。あの世にいっても、落語でまわりの人を笑わせているくらいですから」

「……じゃあなんで、シャンはこんなにしつこくつきまとってくるの？　日本人に恨みがあるわけじゃないんだろう？」

そのとたん、シャンは顔色を変え、うつむいた。ヤバい、地雷《じらい》をふんじゃったらしい。大地《だいち》は後ずさった。

シャンは両方のこぶしをにぎりしめると、わなわなと震《ふる》えはじめた。地獄《じごく》の底から響《ひび》くような声で、こういった。

「日本人に恨《うら》みがない？　ずっと、おぼっちゃまにも、奥様《おくさま》にもいいませんでしたが、せっかく幽霊《ゆうれい》になったので、本当のことを申し上げておこうと思います。うらめしや～と、化けて出るのが幽霊の基本《きほん》ですし」

「……別に、む、無理して基本に忠実《ちゅうじつ》にならなくてもいいんじゃない？」

そういったのに、もうシャンは話す気満々になっていた。

「せっかくですから、生《お》い立《た》ちを説明しましょう。わたしの家族の命をうばったのは、日本軍！　この恨みだけは、死んでも消せません！」

……そう来たか。

やっぱりこいつ、ぼくたち日本人を相当恨んでいたんだ。そんな子が、徳永大和《とくながやまと》の家で働いていたんだ。

シャンのほっぺたからは、また血がボタボタと床《ゆか》に落ちている。これ以上幽霊を怒《おこ》らせたら、ぜったいよくない。

大地《だいち》は、学習マンガの知識《ちしき》をもとに、少し、下手《したて》に出てみることにした。

「そうか。それは大変だったよね。日本は軍隊の力で中国を侵略《しんりゃく》したんだものね」

「……そうですとも!」

シャンの目から、涙《なみだ》がつうっと、流れ落ちた。

「あの村で何があったか、あなたにも、今、知ってほしい」

すると大地の目の前に、どこかの、のどかな農村の風景が広がった。

おそらく日本ではない。中国だ。見渡《みわた》す限《かぎ》りの畑にかこまれた村に、木や藁《わら》でできたそまつな家が、ぽつんぽつんと建っている。

家の前で、まだ小さな女の子が、中国人の母親の上着のすそをにぎっている。そのそばに、もう少し大きな男の子がいる。幼いシャンだ。

銃《じゅう》をかまえてやってくる、日本軍の兵士たち。

トントントン……。ピーヒャララ。ベベンベンベン。

シャンの声が聞こえた。

「えー。だれでも幼いころのことは、なつかしく思い出します。わたしの故郷《こきょう》の村は、満州《まんしゅう》ではなく、もっと南にありました。そのころ日本軍は、中国の奥《おく》へ、奥へと兵を進めておりました。それは、三光《さんこう》作戦というおそろしい作戦でした。殺し、奪《うば》い、燃《も》やす。中国語ではそれぞれ光という字がついたので、『三光』といわれていたんですな。進軍したそれぞれの村で、皆殺《みなごろ》しをしないと、日本兵は落ち着いて夜眠れなかった。だから、かたっぱしから虐殺《ぎゃくさつ》していった」

パーン！　パーン！

銃《じゅう》は、容赦《ようしゃ》なく、にげまどう村人を撃《う》った。次々に倒《たお》れていく人たち。

やがて、兵士たちは、シャンたちの方にやってきた。

父親らしい男が飛んできて、家族の前に立ちはだかった。その父親を、兵士たちは、五人がかりくらいで、ねらいうちする。赤い血が、四方八方に飛び散った。蜂《はち》の巣のように撃たれ、父親は後ろ向きに倒れた。

抵抗《ていこう》する母親を、兵士が二人がかりでかかえあげた。

いったい、何をする気だ？

なんと、兵士たちは母親を、家のそばにあった深い井戸《いど》に、放り込《こ》んでしまったのだ。「マーマ！」。小さな女の子まで、母親を追って、泣きながら、その井戸に飛びこんでしまった。

それを、呆然《ぼうぜん》と見ているシャン。

兵士たちは、まず大人から、次々に殺していく。あちこちで、銃声《じゆうせい》が続く。

シャンは、兵士たちが自分からはなれていった隙《すき》に、その死体の山の下にかくれた。

そこでしばらく息を殺していたおかげで、生き延《の》びることができたのだ。

……けっきょく、村でたった一人生き残ったのがシャンだった。

それからシャンは、一人でさまよった。

どろぼうでもなんでもやって、食べ物を手に入れたが、毎日ひもじくてしかたがない。

死にそうになって、路地のすみに倒《たお》れこんでいたら、声をかけられた。

「おいしいものをお腹《なか》いっぱい食べさせてあげる、と男に言われました。ふらふらとついていったら、本当に饅頭《まんじゆう》をくれましてね。それからいっしょに汽車に乗って……。その男は、なんと人買いだったんです。信じたわたしは、今と同じで、なんでも早とちりでした。大連《だいれん》という町の工場に閉《と》じ込《こ》められて、働かされました。見張《みは》りの目を盗《ぬす》んで逃《に》げ出し、それからは、いろいろな仕事をして働きました」

線路わきで石炭のかけらを拾って、焼餅《シヤオピン》という焼いた餅《もち》に替《か》えてもらったこともある。

日本人の経営《けいえい》する工場で、道路を舗装《ほそう》するためのコールタールをドラム缶《かん》につめる仕事もした。熱いコールタールがはねて飛ぶので、いつも手や顔は火傷《やけど》だらけだった。

「日本人の監督《かんとく》は、作業がおそいと、すぐに棒《ぼう》で叩《たた》きました。働かされるわたしたち中国人は、日本人のことを日本鬼子《リーベンクイズ》と呼《よ》んでいました。われわれ中国人のことを人間として扱《あつか》ってくれないんです！　わずかな賃金《ちんぎん》しかもらえず、泥《どろ》の家に住み、飢《う》え死《じ》にしそうになったことが、何度もありました」

工場をクビになったシャンは、ためていた金で汽車に乗り、新京《しんきょう》にやってきた。満州《まんしゅう》には、仕事が多いと聞いたからだ。

ここでも、肉体労働など、仕事があれば、なんでもやったという。

シャンの話が終わった。大地《だいち》は聞いてみた。

「それでどうして、徳永《とくなが》家にくることに？」

「ある日、新京の繁華街《はんかがい》で、わたしは日本人の財布《さいふ》をぬすんだとうたがいをかけられ、関東軍《かんとうぐん》の憲兵《けんぺい》につかまえられました」

「関東軍って？」

「満州にいた日本軍のことじゃないですか。本当に忘《わす》れてしまったんですか？　憲兵は軍隊の警察《けいさつ》です。……とにかく、道ばたで、気を失うほど、棒《ぼう》でなぐられたんです。そこを助けてくださったのが、ぐうぜん馬で通りかかったあなたのお父様でした」

〈おい、まだ子どもじゃないか許《ゆる》してやれ〉

〈いいえ、こいつは盗《ぬす》みを働いたんです〉

〈もう、これだけ、こらしめたんだからいいだろう。今日からこの子はわが家のボーイとして働かせる。何か文句《もんく》があるか〉

〈はい、徳永大佐《とくながたいさ》がそうおっしゃるなら……失礼いたしました〉

「何しろ、だんな様は関東軍《かんとうぐん》の高官でしたからね。そりゃあえらかったんです。中国語も流暢《りゅうちょう》なだんな様は、わたしの身の上話を聞いてくださいました。そしてそれからは、徳永家のボーイとして下働きをさせてくださったんです」

こうして、シャンは、徳永家にやってきたんだ！

「みんなは、シャンの家族が日本軍に殺されたことを知っていたの？」

「いいえ。たぶん奥様《おくさま》だって、知りませんでした。だんな様が、わたしの家族が日本軍に殺されたことは、秘密《ひみつ》にするようおっしゃったんです。軍隊が何をしているかは、国家機密《きみつ》ですから、庶民《しょみん》は何も知らなかった。……だけど、……だけど、父親が射殺《しゃさつ》され、母親と妹が井戸《いど》に

落ちるところを見てしまった、わたしの気持ちが、わかりますか？」

大地《だいち》は、言葉もなかった。そんな風に日本が乗っ取った国で、徳永大和《とくながやまと》たち家族は、平気で暮《く》らしていたのか？

「で、でも、ある意味、徳永大和の父親は、シャンの命の恩人《おんじん》でもあるんじゃない？」

「そうです。日本人をうらむ反面、だんな様には感謝《かんしゃ》しています。なんでも、自分の子と同じくらいの男の子が殺されるのを、どうしても見過《みす》ごせなかったとか。だんな様と二人で話したとき、よくおっしゃっていました」

「……なるほど。それで命拾いしたってわけか」

「だんなさまはよく、つらそうにおっしゃいました。おまえにだけいうが、自分はここ満州《まんしゅう》で、数えきれない人間を手にかけている。せめて少しでも罪《つみ》ほろぼしをしたかったんだと。おそらく、わが同胞《どうほう》の中国人を拷問《ごうもん》にかけたり、銃殺《じゅうさつ》したり、その手は血にまみれていらしたのでしょう。ご家庭では、ごくふつうのお父様だったのに……」

「楽しそうに落語聞いてたもんね、みんなで……」

「奥様《おくさま》にも、本当によくしていただきました。食事もご家族と分けへだてなく、腹《はら》いっぱい食べさせていただき、だから、こんなに太っちゃって……」

シャンは、思い直したように、右手を伸《の》ばしてきた。

「でもこれで、思い出しましたね。納得《なっとく》してもらえましたね。さあ、いきましょう。あの世で幸せに暮《く》らしましょう！」

だから、納得してないよ！

だいたい、自分は、徳永大和《とくながやまと》じゃないし！

それにあの世で暮らすってことは、死ぬってこと？

どうしてぼくが、死ななきゃならないんだ！

「いやだってばあ！　ぼくにもうこれ以上とりつかないで！」

大地《だいち》は、シャンの手をふりはらうと、壁《かべ》の電気のスイッチに走った。

蛍光灯《けいこうとう》をパッとつける。

部屋が明るくなったとたん、シャンの姿《すがた》は消えた。

トントントントントン……。ピーヒャララ。ベベンベベンベン。

「……お、おぼっちゃまあ！　どうして……」

小さくなっていく、おはやしの音。しかし彼《かれ》のなんとも臭《くさ》い体臭《たいしゅう》だけ、まだしっかり部屋の中に残っている。

次の日の朝は、寝覚《ねざ》めが悪かった。

シャンの、恐《おそ》ろしい過去《かこ》。

知れば知るほど、大地《だいち》はシャンのことが気の毒になった。日本はいったい、中国で何をしたんだ？　そもそも、どうして戦争なんかを始めたんだろう。

学校に行っても、そのことが頭から離《はな》れない。

昼休み、また学習マンガの続きの巻《かん》を読みに、図書室に向かう。

大地はパラパラとページをめくっていった。

へえ、戦争中は、軍隊の力がとても強かったんだ。

げっ、天皇《てんのう》が神だとされていた？　バカじゃない？　そんなわけ、ないっしょ。

だけど、文句《もんく》をいったら、即《そく》、逮捕《たいほ》？　こ、こえー！

だからみんな、だまって逆《さか》らわずにいた。

それに、戦争になだれこんだ原因《げんいん》には「貧《まず》しさ」もあった。

当時の日本は、飢饉《ききん》で飢《う》えていた。だから、食糧《しょくりょう》や資源《しげん》を海外に求め、人びとは少しでも自分の暮《く》らしをよくしようと、戦争に協力した。

なるほど。うちの母ちゃんも、もし生活が楽になるなら、戦争くらいしかたない、なんて言うかもしれないな。

父ちゃんの会社が、もし兵器を作る会社だったら、ぜったい戦争に反対しないだろうし……。

そして、日本軍はアジアを侵略《しんりゃく》していく。

戦争をはじめたときは調子よかったけど、やがて日本は負け始めた？

日本全国に空襲《くうしゅう》があって、ほとんどの都市は焼け野原？

おまけに、昭和二十年夏、広島《ひろしま》と長崎《ながさき》に原爆《げんばく》が落ちる。ドッカーン！

うわあ、この焼けこげたお弁当箱《べんとうばこ》の写真、グロい～。

そして、八月九日には……。

満州《まんしゅう》にソ連軍が侵攻《しんこう》

満州が、ふいうちで攻撃《こうげき》されたの？

約束を破《やぶ》り、北からなだれを打って攻《せ》めこんできたソビエト連邦《れんぽう》の軍隊に？

ソビエトって、今のロシアあたりのこと？　それで亡《な》くなった日本人が、十万人も！

いったい、満州《まんしゅう》の首都で暮《く》らしていた徳永大和《とくながやまと》たちは、どうなったんだろう？

自分が体験させられたあの時代は、昭和何年だったんだろう？

大地《だいち》は、とたんに、いてもたってもいられない気持ちになってきた。学習マンガには、満州に攻《せ》めこんできたソ連軍の大きな戦車の写真が載《の》っている。

「ソ連侵攻《しんこう》のことを、みんなに教えてあげなきゃ！　殺されちゃう！　早く伝えたい！　新京《しんきょう》でのんびり暮らしている場合じゃないってことを！」

学習マンガを持ったまま、冷《ひ》や汗《あせ》が吹《ふ》き出してきた。くらっとめまいがして、前に突《つ》っ伏《ぷ》した。

「だ、だいじょうぶ？　大地くん！」

司書の山本《やまもと》先生の声が、遠く、小さくなっていく。

「すぐ保健室《ほけんしつ》へ！」

そう叫《さけ》ぶ声が聞こえた。

トントントントントン……。ピーヒャララ。ベベンベンベン。

シャンの声が聞こえてきた。

「そうです。あの年、昭和二十年のことは、だれもがぜったいに忘《わす》れちゃならない」

8——非国民《ひこくみん》

気がついたとき、大地《だいち》は、また過去《かこ》の満州《まんしゅう》にいた。

白い息をはきながら、ランドセルをしょって学校に向かっている。

粉雪が舞《ま》っていた。石畳《いしだたみ》が白く覆《おお》われていく。

となりには、龍之介《りゅうのすけ》が歩いている。二人とも、オーバーに毛糸のぼうしをかぶり、手には厚《あつ》い手袋《てぶくろ》をはめていた。寒さで赤くなった鼻の下には、鼻水が、ガビガビに凍《こお》りついている。

今は、冬なんだな。マジ寒い！　これってたぶん氷点下じゃない？

このくらい寒いと、空気にふれる顔が「痛《いた》い」くらいに感じる。

家々の二重窓《まど》には、氷の結晶《けっしょう》が、白くきれいな花を咲《さ》かせている。

凍りついた道を、ロバが荷車をひいていく。足下《あしもと》がつるりとすべって転びかけると、中国人の使い手がムチを打つ。ロバがぽろりと涙《なみだ》をこぼしても、その涙さえ一瞬《いっしゅん》のうちに凍り、ロバのほっぺたに白く張《は》り付いていた。

するとふいに龍之介《りゅうのすけ》がぼやいた。

「つまらないですよ。今年の冬はスケートができなくて」

スケート？　昔もスケートなんかやってたの？　羽生結弦《はにゅうゆづる》みたいに？　よく話がわからないので、やんわり聞いてみた。

「なぜできないのかなあ」

「だって、金属《きんぞく》をみんなお国のために供出《きょうしゅつ》しちゃったら、遊びで使うスケートの刃《は》なんて作れるわけないですよ。うちも、母親の指輪から、父の使わなくなった刀から、ぜんぶ出しました。大和《やまと》くんちも、そうでしょう？」

「う、うん。もちろん」

大地は、納得《なっとく》した。

これが学習マンガに載《の》っていた、戦争中の「供出《きょうしゅつ》」だな。兵器を作るために、金属は、お寺の鐘《かね》から何からぜんぶ軍隊に提出《ていしゅつ》したんだ。

「逆《さか》らったら、非国民《ひこくみん》だとされてしまいますからね。今は、お国のために、がまん、がまん、です」

「ところで、今日は、昭和何年何月？」

「あれまあ、大和《やまと》くん、だいじょうぶですか？　今日は、昭和二十年二月十五日」

ってことは、ヤバい。終戦の年だ！

この年の八月、つまり半年後には、広島《ひろしま》・長崎《ながさき》にアメリカ軍によって原爆《げんばく》が落とされ、満《まん》州《しゅう》にはソ連軍が攻《せ》めこんでくる！　そして、日本は戦争に負ける！

このままでは、国民みんなが悲劇《ひげき》のまっただ中に突《つ》っこんでいく！

大地《だいち》は、龍之介《りゅうのすけ》の顔を、まじまじと見た。

こうしちゃいられない。教えてやらなくては！　大地は叫《さけ》ぶ。

「あと半年したら、戦争は終わるんだぞ！」

すると、龍之介は朝鮮人《ちょうせんじん》なのに、こういうではないか！

「あと半年で、日本の勝利？　では、それまでのしんぼうですよ！　欲《ほ》しがりません、勝つまでは！　来年はきっと、スケートもできるようになりますよ！　日本、バンザーイ！　天皇陛《てんのうへい》下《か》、バンザーイ！」

とうとう、両手を挙《あ》げて、バンザイしはじめた。

ダメだ。こりゃ。龍之介は朝鮮人なのに、日本人になりきっている。

困《こま》った。自分がこの世界で、日本は負けると言い出したところで、龍之介《りゅうのすけ》のように、誰《だれ》も信じてはくれないだろう。

だけどこのままでは、満州《まんしゅう》は一夜にして戦場となる。つまり、戦争の被災地《ひさいち》になる。竜巻《たつまき》におそわれた西町《にしまち》と同じだ。いやその何万倍の被害《ひがい》だ。

色々考えて、大地《だいち》は思った。でも、竜巻とちがって、戦争は、正真正銘《しょうしんしょうめい》人間が起こしたものだ。なんとか、さけられないのか？

いったいどうやったら、ソ連軍が満州になだれを打って入ってきて、何万人もの日本人が殺されるのを防《ふせ》ぐことができるんだ⁉


校門に着くと、並《なら》んで敬礼《けいれい》する。

学校の名前の、むずかしい漢字を何回も読むうち、「新京《しんきょう》大文字在満國民學校《ざいまんこくみんがっこう》」とは、「満州の新京にある大文字小学校」という意味だとわかった。

その日は、六年一組で、図画の授業《じゅぎょう》があった。

教科書の絵を、そっくり描《か》き写《うつ》す課題だった。日本の兵隊が、並んで行進している絵だ。大地は、言われた通り描き写した。

そこへ、すぐ近くを回ってきた、女の先生が叫《さけ》んだ。

「こんな絵を描《か》くとは、非国民《ひこくみん》です！」

怒《おこ》られているのは、となりの席の、おしとやかな山科《やましな》サクラだ。

うつむいて、半泣きになっている。兵隊ではなく、着物を着た女の子の絵を描いてしまったせいだった。

いいじゃないか、好きな絵を描けば……。

しかし、この学校では、許《ゆる》されることではなかった。

だんだんわかってきた。先生に従《したが》わないことは、つまり、国に従わないこと、そして、神とあがめられている天皇陛下《てんのうへいか》に逆《さか》らうことなのだ。

「すみません、すみません……。すぐ描き直します」

サクラが、おいおいと泣き出した。どうやら、描き写さなくてはならないのを、何を描いてもいいのだと勘違《かんちが》いしたらしい。

かわいそうに。かわいい顔をゆがめて泣いているサクラを見ると、大地《だいち》は、いてもたってもいられなくなる。

女の先生は、しつこく小言をくりかえしている。

「まったく、どうしてまちがえたの！　先生のいうことを聞いていなかったの？　この非国《ひこく》民《みん》！」

教室中が、下を向いて凍《こお》りついた。大地《だいち》は、なんとか助け船を出そうと、自分の絵を素早《すばや》く仕上げて、大きな声を出した。図工だけは、得意だったのだ。

「先生！　描《か》き上がりました！　見てください！」

絵を描いた紙をひらひらさせたので、先生が、こっちに回ってきてくれた。

「まあ、よく描けたわね。力強い兵隊さんね。これこそ大和魂《やまとだましい》ね！」

「はい、何しろ名前が大和であります！」

大地は、わざとらしく敬礼《けいれい》までしてみせた。これがウケたらしく、周囲の生徒が、くすりと笑う。これで、なんとかその場はおさまった。


すると、その日の放課後、思いもかけないことが起こった。徳永《とくなが》大和の家を、山科《やましな》サクラが姉といっしょにたずねてきたのだ。

「こんにちは。大和さんいらっしゃいますか」

大地が玄関《げんかん》のドアを開けると、外から粉雪が吹《ふ》き込《こ》んできた。

コートを着込《きこ》んだ姉妹が、寒そうに立っている。姉のカエデは、サクラより三つ年上で高等女学校に通っているという。

「今日は、妹がお世話になったそうで、ありがとうございました」

玄関先《げんかんさき》で手渡《てわた》されたのは、手造《てづく》りのクッキーだ。カエデも、サクラをさらに上回るかわいさだ。手袋《てぶくろ》をとったときの、ほっそりした白い指の美しさといったらなかった。

サクラは、姉の後ろでもじもじしながら、小さな声でこういった。

「ありがとう。怒《おこ》られているところを助けてくださって」

奥《おく》から出てきた大和《やまと》の母親が、声をかける。

「まあまあ。そんな寒いところに立っていないで。中に入ってください。せっかくですから、お茶を飲んでいってくださいな」

応接間《おうせつま》の、金の刺繍《ししゅう》がほどこされたソファーや椅子《いす》に腰《こし》かける。

家の中はすみずみまで、とても暖《あたた》かい。冬の満州《まんしゅう》では、ボイラー室で石炭を燃《も》やし、セントラルヒーティングで家を暖めている。この石炭を燃やすのが、シャンの役割《やくわり》でもあった。

そういえばと大地《だいち》は気づいた。満州の家は、ずいぶん近代的だった。トイレも水洗《すいせん》トイレ。食卓《しょくたく》にはバターがのぼる。電気掃除機《そうじき》だってあった。

学習マンガの「戦争中の人びとのくらし」では、確かまだ電気の引かれていない家もあったと書かれていたのに……。

ここ満州《まんしゅう》は、日本の技術《ぎじゅつ》の粋《すい》を集めた最先端の国だったのだ。みんなこの夢《ゆめ》のような暮《く》らしにあこがれて、本土から渡《わた》ってきたんだな。

母親が、今日の学校での出来事について、姉妹から話を聞いている。

「まあ、そんなことがあったの？ 大和《やまと》が女の子をかばうなんてねえ」

みんなで日本茶を飲み、いっしょにクッキーをほおばった。それを、シャンが台所のすみでうらやましそうに見ている。母親が、シャンにもクッキーを一枚《いちまい》持っていってやった。

「ありがとうございます！」

シャンは、とたんに満面の笑《え》みになった。サクラが、姉を見ながらいった。

「今日は、お姉様の勤労《きんろう》動員がお休みだったんです。だから、いっしょにビスケットを焼いてもらうことができました」

セーラー服の上着に、もんぺをはいた姉のカエデは、最近は女学校の授業《じゅぎょう》もなく、新京《しんきょう》の軍需《ぐんじゅ》工場で毎日のように働いているという。戦争中は、中学校や、高等女学校の生徒までかり出され、国のために労働させられたのだ。

母親が、心配そうに話している。

「戦争も、ますますはげしくなって大変ね。内地では、空襲《くうしゅう》が続いているとか」

「でも、満州《まんしゅう》は空襲がないから安心ですわ」

カエデ姉さんが、ほほえんだ。とたんに、大地《だいち》は、思い出してさけんだ。

「ちがうんだ！　安心していちゃいけない！　八月には、ソ連軍が北から満州に攻《せ》めこんでくるんだぞ！」

母親が、血相《けっそう》を変えていった。

「まあ、なんてことを！　ソ連は日本とは戦わないという条約《じょうやく》を結んでいるから、だいじょうぶなのよ！」

「だから、それが、破《やぶ》られるんだって！」

カエデ姉さんは、間に入ってこういった。

「だいじょうぶよ。満州には、泣く子も黙《だま》る関東軍《かんとうぐん》がいるんですもの。きっとわたしたち日本人を守ってくださるわ」

母親もうなずいた。

「そうですよ。お父様も、そのために働いてくださっているのです。不安になることなんか、ありませんよ」

「ちがうよ！　このままいったら、日本は戦争に負けるんだよ！　早く本土に逃《に》げなきゃ！」

そのとたん、母親が、目をむいて立ち上がった。そして、大地《だいち》に近づいてくると、ぴしゃりと頰《ほお》を打った。

「なんてことをいうの！　そんなことをいったら、非国民《ひこくみん》として、逮捕《たいほ》されますよ！　もう二度と、そんなおかしなことはいわないでちょうだい！」

大地は、頰を押《お》さえて黙《だま》りこんだ。サクラとカエデは、いづらくなったのか、そそくさと挨《あい》拶《さつ》をして帰っていく。

シャンは、後でそっと大地に耳打ちした。

「おぼっちゃま、お気をつけて。世の中には、決して口にしてはならないこともあるんですから……」

やっぱり、いくら自分一人がいって回ってもぜったいムダだ。暴走《ぼうそう》し始めた国や国民を、そう簡単《かんたん》に止めることなんかできない。

本当は、もっと前に、くい止めておくべきだったんだ。くすぶっていたぼやが、燃《も》え広がり、手のつけようのない大火事になる前に！

いったいこの家族は、これからどうなるんだろう？　どうやって日本に帰国するんだろう？

考えるだけで、憂鬱《ゆううつ》になる。

その日の夜、大地《だいち》は弟の大助《だいすけ》といっしょに二階の和室で布団《ふとん》に入った。

目が冴《さ》えて、なかなか寝《ね》つけなかったが……。

9――ソ連侵攻《しんこう》

　ところが、次に目を覚ましたとき、なんだかまわりの様子がおかしかった。

　ウウウウー！！　空襲警報《くうしゅうけいほう》のサイレン！

　真夜中、午前三時頃《ごろ》。

　真冬だったはずなのに、季節は、夏？

　大地《だいち》は、薄手《うすで》の浴衣《ゆかた》を着て、分厚《ぶあつ》い木綿《もめん》の布団《ふとん》ではなく、夏用の肌掛《はだが》け布団にくるまっていた。

　ひょっとして、季節が一気に進められた？

　同じ部屋で、川の字になって寝《ね》ていた父親と母親が飛びおき、電気をつけ、ラジオのスイッチを入れている。満州《まんしゅう》には、日本人のためのラジオ放送もあった。

「牡丹江《ぼたんこう》方面より敵機《てっき》が進入し、爆撃《ばくげき》を開始」

……いったい、今は、何月だ？

……これって！　もしかすると、昭和二十年八月九日！

家の日めくりカレンダーを見て、確《たし》かめた。やっぱり！　ソ連侵攻の日だ！

シャンが、一階の部屋からかけあがってきた。

「だんな様〜！　奥様《おくさま》〜！　助けてぇ！　助けてぇ！」

ブルルルル……。

敵《てき》か味方かわからない、飛行機が飛《と》び交《か》っている。窓《まど》から外を覗《のぞ》くと、街《まち》の中心地は、ソ連軍が落とした照明弾《しょうめいだん》で、パッと明るくなっていた。

ゴオオオオ……。

雷《かみなり》が響《ひび》くような音が聞こえてくる。爆弾《ばくだん》が落とされているのだ。

ドッカーン！　ドッカーン！

その衝撃《しょうげき》のたび、母親は大助《だいすけ》をかばい、シャンは大地《だいち》にすがりつき、一家は抱《だ》き合って震《ふる》えていた。

最悪の事態《じたい》だった。

ソ連軍がアメリカ・イギリスなど連合国の戦争に参戦し、満州《まんしゅう》に攻《せ》めこんできたのだ。

……けっきょく、間に合わなかった。歴史は変わったりしなかった。

大地《だいち》は、唇《くちびる》をかむと同時に、恐怖《きょうふ》で背中《せなか》がゾワッとした。

父親の大五郎《だいごろう》は、急いで軍服に着替《きか》えている。

「わたしは、すぐ本部に行かねばならない。空襲《くうしゅう》がおさまったら、遠くへ疎開《そかい》する準備《じゅんび》をしておくように！」

口ひげをはやした顔を、ますますきびしくして、大地の頭に手をおいた。

「お母さんと大助《だいすけ》のことは、頼《たの》んだぞ！　おまえは、この家の長男だ」

「は、はいっ！」

父の目の真剣《しんけん》さに、大地は、自分がしっかりしなければと肝《きも》に銘《めい》じた。

母親が、ため息をついた。

「やはり、もっと早く内地に帰るんでした」

大五郎たち、関東軍《かんとうぐん》関係者は、このときには、ソ連軍の怪《あや》しい動きをすでに察知していた。

母親と二人の子どもは、来週にも日本の内地、つまり本土に帰国する予定だったのだ。

しかし、母親がお腹《なか》に三人目の子を身ごもっていて、つわりで体の具合が悪く、帰国が延《の》び延びになっていたという。

父親は、かけつけてきたむかえの自動車に飛び乗り、関東軍《かんとうぐん》の本部へと去っていった。

母親と大地《だいち》、大助《だいすけ》、そしてシャンは、庭の防空壕《ぼうくうごう》に避難《ひなん》した。

万が一の空襲《くうしゅう》に備《そな》えて掘《ほ》った穴《あな》だが、まさか使うことになるとは、だれも思っていなかった。狭《せま》い中でひざをかかえて座っていると、シャンの体臭《たいしゅう》と、カビくさい土の臭《にお》いが、つんと鼻をついた。

ドーン！　ドーン！

爆撃《ばくげき》の音が響《ひび》く。もしここに、爆弾《ばくだん》を落とされたら、防空壕もろとも、こっぱみじんだ！

学習マンガで読んだ空襲の話を思い出し、身の毛がよだった。防空壕の中で、丸焼けになった人たちのことを、思い出したのだ。

……どうかここに落ちませんように！　早く爆撃が終わりますように！

冷《ひ》や汗《あせ》が頬《ほお》をつたう。早く帰りたい！　平和な日本に！

敵機《てっき》の音が聞こえなくなるまで、息をひそめていた。

やっと空襲警報《けいほう》が解除《かいじょ》される。

「いったいどうなるのかしら！　ソ連が攻めてくるなんて、そんなバカなことが！」

防空壕を出た母親は、おろおろしている。

……だからいったのに、と大地《だいち》は思ったが、今さらどうしようもなかった。戦争が始まってから気がついても、遅《おそ》いのだ。

家の近所からは、こんな情報《じょうほう》も入ってきた。

「ソ連の戦車隊が、国境《こっきょう》を越《こ》え、こちらに向かっているらしい！　一刻《いっこく》も早く疎開《そかい》しないと！」

この新京《しんきょう》までソ連軍が突入《とつにゅう》してきたら、自分たち日本人は、いったいどんな目にあうだろう！

昼近くなって、父親からの伝言を伝えに、黒崎康夫《くろさきやすお》という、背《せ》がひょろっと高い憲兵《けんぺい》がやってきた。

黒塗《くろぬ》りの自動車を飛びおり、玄関先《げんかんさき》で敬礼《けいれい》する。

「明日の夕刻《ゆうこく》、新京駅からの列車に乗って、ご家族で避難《ひなん》してください！　徳永大佐《とくながたいさ》は、しばらく本部にお残りにならなくてはなりませんので、伝言を伝えに参りました」

母親が、不安そうに聞き返した。

「いったいどこへ避難するのですか？」

「内地までであります！　ロシア語や朝鮮語《ちょうせんご》のできるわれわれ七名の憲兵が、関東軍《かんとうぐん》の家族のみなさまのお供《とも》をし、命を守りぬくよう、命令を受けました！　避難のための軍資金《ぐんしきん》も預《あず》かりましたから、何も心配せず、忠霊塔《ちゅうれいとう》広場に午後五時、必要最低限《さいていげん》の物だけ持ってお越《こ》しください」

それだけいうと、黒崎《くろさき》は、また自動車に飛び乗り、去っていく。

そうか、これからみんなで日本に帰るんだ。

それからが、大騒《おおさわ》ぎだった。母親が指揮《しき》し、シャンと大和《やまと》に、一階の和室の床《ゆか》の畳《たたみ》を上げさせ、その下に穴《あな》を掘《ほ》らせた。そしてそこに、行李《こうり》に入った母親の高い着物やら、宝石《ほうせき》やら、家の財産《ざいさん》となるものを、こっそり隠《かく》したのだ。

一番最後には、落語のレコードも大事にしまわれた。

そんな中、シャンは、泣き出さんばかりの顔になっていた。

「奥様《おくさま》！　わたしはどうなるのですか？　いっしょに内地に連れていってください！」

母親の顔が曇《くも》った。

「それはできないわ。避難《ひなん》列車には、日本人しか乗ることはできないでしょう。いつかきっと、ここにまたもどってくるから、シャンはそれまでなんとか新京《しんきょう》でがんばって！」

シャンは激《はげ》しく首を振《ふ》った。

「いやです！　わたしは、だんな様や奥様《おくさま》、おぼっちゃまたちと、ずっと暮《く》らしていたい！」

母親は、シャンをなだめる。

「しばらくの間生活できるよう、まとまったお金を残していきます。この家も好きに使っていいんですよ。だから、どうかここに残って」

とうとうシャンが泣き出した。太った顔が、涙《なみだ》でぐしゃぐしゃだ。

「……お金なんて、お金なんて、いりません。わたしは、徳永《とくなが》家のみなさんがいなくなったら、天涯孤独《てんがいこどく》の一人ぼっちだ！　みなさんを、家族のように思っているんです。おそばを離《はな》れたくはありません！」

大地《だいち》は、シャンが気の毒で仕方なかった。今までずっといっしょに暮《く》らしてきたのに！

シャンは大地にも、しつこく頼《たの》んでくる。

「お願いです！　わたしを連れていってくれるよう、奥様に頼んでください！　どんな仕事でもしますから！　ずっとおぼっちゃまといっしょにいたい！」

なんとかしてあげられないかな……。

そこで大地は、こっそりシャンを物陰《ものかげ》に呼《よ》び、知恵《ちえ》をつけた。

「それなら、こういう作戦はどうだ？　新京《しんきょう》の駅までついてくる。そして汽車が発車すると

同時に飛び乗る。列車が走り出してしまえば、まさかお母さんも、降《お》りろとは言わないだろう」

シャンは、首をかしげて考えていたが、

「なるほど！」

と、大きくうなずいた。シャンは本気だった。本気でいっしょに日本に行こうとしていたのだ。

大地《だいち》には、避難《ひなん》する前に、もう一つしなければならないことがあった。

となりの家に住む龍之介《りゅうのすけ》は、大和《やまと》たち軍関係者の家族が、日本に戻《もど》ることを知らない。このままでは、挨拶《あいさつ》もせずに別れることになってしまう。

母親は、「ぜったいだれにも秘密《ひみつ》」といったが、龍之介だけは、別だろうと思った。

シャンとの話が終わると、外に走り出て、となりの龍之介の家のドアを叩《たた》く。

「ちょっと話がある」

「ここで聞きますよ」

「いや、ぜったい秘密の話なんだ」

大地のこわばった表情《ひょうじょう》に、龍之介は顔を見返した。

二階の子ども部屋に上げてもらうと、幼い兄弟たちを外に出し、立って向かい合ったまま、さっそく明日避難《ひなん》することを打ち明けた。

すると、龍之介《りゅうのすけ》は別れをおしむどころか、とつぜん怒《おこ》り出したのだ。

「ずるいですよ！　日本人は！　満州《まんしゅう》を占領《せんりょう》して自分たちの国を作っておいて、いざソ連軍がきたとなったら、軍の関係者が一番に逃《に》げるなんて！　置いていかれるぼくたちは、これからどうなりますか？　父から聞いた噂《うわさ》によると、関東軍《かんとうぐん》の兵士たちも、すでに多くは南に移動《いどう》して、満州からは撤退《てったい》しているとか。だれも守ってくれる人がいなくなった満州で、みんなはどうなるんですか？」

大地《だいち》は、そこまで考えていなかったのだ。

「さ、さあ……。龍之介たちは、朝鮮《ちょうせん》に帰るの？」

「まだわかりませんよ。でも、ここにいたら、危険《きけん》なことは確《たし》かです。ソ連軍の戦車隊はもうすぐ新京《しんきょう》に到達《とうたつ》するはずですから……」

重苦しい時間が流れた。龍之介は、人が変わったように大地を責《せ》め立てた。

「日本人はひどいですよ！　無理矢理《むりやり》朝鮮を占領《せんりょう》し、ここには満州国を作ったんですよ。朝鮮人は、名前を日本式に変えさせられ、天皇《てんのう》をあがめるように強制《きょうせい》されましたよ。父は、日本を恨《うら》みながらも、生活のために、日本人となかよくしてきたんですよ。だけど、ソ連の侵攻《しんこう》でもう日本も終わり！　日本が戦争に負ければ、これからは、日本と朝鮮《ちょうせん》、中国の立場が逆《ぎゃく》になる！　今度は、日本人がやられる番だ！　君たちの避難《ひなん》のことで、日本人の本性《ほんしょう》がよくわかった！　まったく自分たちのことしか考えていない！　まさに日本鬼子《リーベンクイズ》だ！」

今まで聞いたこともない大声で叫《さけ》び出した龍之介《りゅうのすけ》を見て、大地《だいち》は、目を見開いて驚《おどろ》いた。

やっぱり今まで、ずっとそんなことを考えていたんだ！

天皇《てんのう》バンザイっていったのも、ウソだったんだ！

日本人に遠慮《えんりょ》して、ずっと本音をいわなかっただけなんだ！

……ぼくのせいじゃない！　自分は関係ない！

そう言いたかったが、今の大地は、満州《まんしゅう》にやってきた日本人という立場だ。低い声で言い返した。

「確かに日本人はずるいかもしれない……。ひどいと思う。だけど、ぼくは、お腹《なか》に赤ちゃんのいる母や、まだ小さい弟を守らなくちゃならない。君に何をいわれても、明日避難《ひなん》するよ」

「…………」

龍之介は、まだ険《けわ》しい顔で大地をにらみつけている。大地は、部屋のドアノブに手をかけた。

「ごめん。とにかく、別れをいいたかっただけなんだ。それで、お願いなんだ。明日の軍関係者の避難《ひなん》のことは、だれにも言わないでくれる？　君を信じて打ち明けたんだよ」

龍之介《りゅうのすけ》が、ふっと表情《ひょうじょう》を緩《ゆる》めて大地《だいち》の顔を見た。

「わかりました。それだけは、約束しますよ」

「ありがとう。さようなら」

急ぐ大地の背中《せなか》に、龍之介が早口で声をかけた。

「でもいつか、平和な時代がきたら、ぜったいどこかでもう一度会うんですよ。そんな時代がくるといいですね」

「うん……。まったくだよ。おたがい、それまで生き延《の》びよう！」

こうして、大地は龍之介に別れを告げた。


翌日《よくじつ》夕方、徳永《とくなが》家一家は家を出る。持って出るのは、防空頭巾《ぼうくうずきん》とわずかな食糧《しょくりょう》が入ったリュックと、水筒《すいとう》。

母親は、着物の上にもんぺをはいた。でも、その着物の襟元《えりもと》に、こっそり高額《こうがく》の紙幣《しへい》を何枚《なんまい》も縫《ぬ》いこんだのを、大地《だいち》は知っている。

集合する広場まで、急ぎ足で向かった。大地《だいち》は弟の大助《だいすけ》の手をひく。

ソ連侵攻《しんこう》によって、街《まち》の風景は一変していた。

日本人たちは、大八車《だいはちぐるま》に荷物を乗せて運んだり、忙《いそが》しそうに行き交《か》ったり、避難《ひなん》に向けてあわただしく動いていた。それを中国人たちが、ぞっとするほど冷たい目で見ている。

シャンは、一家の後ろから付いてきた。

「駅で、お別れだからね」

母親が、何度もシャンに念を押《お》している。

関東軍《かんとうぐん》の家族は、新京《しんきょう》の街《まち》の中にある忠霊塔《ちゅうれいとう》広場という広場に続々と集まっていた。

大地たちの列車には、ぎゅうぎゅうづめで二千人が乗るという。それを、七人の憲兵《けんぺい》で引率《いんそつ》し、避難させるというのだ。しかし、当時の日本人は規律《きりつ》正しく、こんな状況《じょうきょう》でも整然と行動していた。広場から駅まで列を作って移動《いどう》する。

シャンは、日本人の列から少しはなれて、後を追ってきた。

新京駅に着く。駅舎《えきしゃ》はまるで現在《げんざい》の東京駅のようなレンガ造《づく》りで、天井《てんじょう》も高い。

広い駅前広場に群衆《ぐんしゅう》があふれている。駅にやってきた自動車も、前に進めず数珠《じゅず》つなぎになっている。

いつソ連軍が、新京《しんきょう》にやってくるかわからない。軍の家族だけでなく、市民は恐怖《きょうふ》におびえ、一刻《いっこく》も早くこの満州《まんしゅう》の首都からにげだそうと、やっきになっていた。

「列車はないのか！　早く列車を出せ！」

「だめだ。列車には乗れない！　引き返せ！」

軍人が笛《ふ》を吹いて群衆《ぐんしゅう》を整理している。

こんな状況《じょうきょう》なのに、軍関係者が真っ先に避難《ひなん》すると知れたら、群衆は必ずパニックになる。

大地《だいち》たち関東軍《かんとうぐん》の家族の一行は、声をひそめ、静かにホームに向かった。

示《しめ》された長い列車は、車両のほとんどが、屋根のない貨物列車だった。

大急ぎで手配したのだろうから、仕方がない。この南満州鉄道は、日本人が経営《けいえい》していたからこそ、こういう非常時《ひじょうじ》にも軍の指示《しじ》が通った。

名簿《めいぼ》でのチェックを受けながら、順番に乗りこんでいく。そこへシャンが人混《ひとご》みをかきわけて、大地《だいち》たちの家族に近づいてきた。

「奥様《おくさま》！」

「シャン。元気でね。体に気をつけてね」

母親は、見送るシャンの肩《かた》を、なごりおしそうにたたいた。

「奥様《おくさま》たちも、どうかご無事で」

シャンは大地《だいち》に目で合図を送る。列が進んでいるので、交《か》わすことができた言葉はわずかだった。

貨物列車なので、乗りこむだけでも大変だ。大地は、貨車のはじに手をかけよじのぼり、ななめにかけていた水筒《すいとう》が一度引っかかったものの、なんとか一度で乗ることができた。

弟の大助《だいすけ》は、周囲の大人にかかえあげられ、引っ張《ぱ》ってもらってやっと乗りこんだ。

身重《みおも》の母親も、先に荷物を放《ほう》り上げて大地が受け取り、お腹《なか》をかばいながら、女性《じょせい》たちに押《お》し上げてもらって、やっと乗車した。

膝《ひざ》をかかえてぎゅうぎゅう詰《づ》めに座《すわ》る。機械油の臭《にお》いがする。貨車のすみにあるたらいは、どうしてもトイレが間に合わないときのためだという。まるで貨物列車の石炭になったような気分だった。こうして、二千人が無事、列車におさまる。

「よし！　出発！」

黒崎《くろさき》たち憲兵《けんぺい》が、笛をふいて命令を出す。汽笛が鳴り、蒸気《じょうき》が勢《いきお》いよく吹《ふ》き出す音が聞こえた。

だが、ホームには、まだ人があふれている。軍関係者以外の人びとも、避難《ひなん》列車に乗りたいと、追いすがってくるではないか。

それを、貨車の上に仁王立《におうだ》ちになった憲兵《けんぺい》たちが、銃剣《じゅうけん》を向けておどし、振《ふ》り払《はら》う。

「ダメだ！　これ以上は乗れない！　下がれ！」

シュッ、シュッ、シュッ……。汽車はゆっくりと動き出した。

そこへ、ホームにいたシャンが、貨車のはじに手をかけ、飛び乗ろうとした。

大地《だいち》はさけんだ。

「早く！　早くこい！　シャン！　シャン！」

母親が、顔色を変えてさけぶ。

「やめなさい！　降《お》りて！」

だが、太ったシャンは、なかなか貨車をよじのぼれない。宙《ちゅう》ぶらりんになって、ぶら下がっている感じだ。

「シャン！　がんばれ！」

大地が応援《おうえん》する。そのときだ。

パーン！

銃声《じゅうせい》がした。

シャンが、もんどりうって、ホームに落ちた。

憲兵《けんぺい》の黒崎《くろさき》が、貨車の上からシャンに向けて発砲《はっぽう》したのだ。

あおむけにホームに倒《たお》れたシャンは、顔を撃《う》ち抜《ぬ》かれ、そこから血が噴《ふ》き出している。一瞬《いっしゅん》ぴくぴくと痙攣《けいれん》した後、両手をだらりと伸《の》ばして動かなくなった。

撃たれたシャンを見て、それまで汽車に追いすがっていた人びとも、蜘蛛《くも》の子を散らすように、列車からはなれた。汽車はスピードを上げる。

「シャン！　シャン！」

母親の悲鳴が響《ひび》いた。

大地《だいち》は呆然《ぼうぜん》とそれを見ていた。小さくなっていく動かないシャン。

大地は、生まれてこの方、一番の後悔《こうかい》をしていた。

……シャンが殺されてしまうなんて！

思ってもいなかったんだ！

取り返しのつかないことをしてしまった！

「うわああああああ……！」

頭を両手でかかえて泣いた。

憲兵《けんぺい》の黒崎《くろさき》が、貨車を飛び移《うつ》り、人をかきわけて、こっちに近づいてくる。

母親の前に立つと頭を下げた。

「申《もう》し訳《わけ》ありませんが、非常時《ひじょうじ》であります！　ご子息《しそく》が呼《よ》んだ名前から、中国人の子と判断《はんだん》しました。お宅《たく》のボーイをしていた中国人ですね。ますます、いっしょに乗せる訳《わけ》には参りません！　見せしめのためもあり、銃殺《じゅうさつ》いたしました」

母親は、涙《なみだ》を流しながらも、当然のこととしてあやまった。

「ご迷惑《めいわく》をおかけいたしました。申《もう》し訳《わけ》ございませんでした」

中国人の命の重さなんて、まったくないに等しい満州《まんしゅう》だった。

大地《だいち》は、しめつけられるように苦しい胸《むね》を押《お》さえた。自分が悪知恵《わるぢえ》をつけたから、シャンは中国人でも列車に乗れると思いこんだ。しかも、自分が名前を呼《よ》んでしまったために、シャンは中国人だとわかったのだ。それで殺されたのだ……！

たとえ、自分の手で殺していなくても、何もかも、ぼくのせいだ！

もう一生、この責任《せきにん》からのがれることはできない。

きっとシャンは、永遠《えいえん》にぼくを恨《うら》んでいるだろう……！

汽車は、草原を、南に向けて走り続けた。ところどころに大きな川があり、鉄橋を渡《わた》る。

屋根のない貨車は地獄《じごく》だった。真夏に照りつける日差しはじりじりと暑い。それに、いったん雨が降《ふ》れば、みんなずぶ濡《ぬ》れになる。

しかも、風向きによっては、汽車のすすがまともに顔に当たって、みんな顔が真っ黒になった。

大地《だいち》は、しょってきたリュックを足の間に置き、その上に頭を乗せて楽な姿勢《しせい》をとろうとしたが、ガタガタと揺《ゆ》れつづける貨車のせいで尻《しり》は痛《いた》み、風の音が強くて、なかなか眠《ねむ》ることができなかった。

シャンのことを思い返すだけで、胃が痛み、めまいがする。「ああっ」と声をあげては、何度もリュックの上につっぷした。

汽車はときどき止まって、乗っている人たちは、トイレを済《す》ませたり、川の水をくんだりするために、貨車をおり、草むらのむこうに消える。

「乗り遅《おく》れた者は置いていく！　一人でも無事に内地に送り届《とど》けるために、ここではわれわれの指示《しじ》に従《したが》ってもらう！」

憲兵《けんぺい》たちは、きびしく避難者《ひなんしゃ》たちを指揮《しき》した。

そんな中、大地《だいち》は気づいた。新京《しんきょう》の駅ではわからなかったが、サクラとカエデの一家も、同じ列車で避難《ひなん》していたのだ。そういえばサクラの父も、関東軍《かんとうぐん》関係者だった。

サクラちゃんたちもいっしょなんだ……。

大地はそう思ったが、さすがに緊急《きんきゅう》の避難中、わざわざ声をかけにいったりすることはなかった。

憲兵《けんぺい》たちは、五つのトランクいっぱいに、避難するための金を渡《わた》されてきており、それを使って地元の農民から食料を買いつけては、避難者たちに食べさせた。用意してあった大鍋《おおなべ》でみんなで炊《た》き出しをして、大きなおにぎりが配られたこともあった。

ところが、新京を出て三日目のことだ。

川で水をくむために汽車が停車していると、畑の向こうから、丸太や鎌《かま》を手にした、中国人が襲《おそ》ってきた。

百人以上はいる！　目が血走っている！

オオー！　オオー！

恨《うら》みをこめた怒声《どせい》が近づいてくる。

満州《まんしゅう》にソ連軍が攻《せ》め入り、日本が負けることが確実《かくじつ》になったとたん、それまで日本に恨みをいだいていた中国人が、反乱《はんらん》を起こすようになったのだ。

「ただちに乗車!」

憲兵《けんぺい》たちが、威嚇《いかく》の発砲《はっぽう》をしながら叫《さけ》ぶ。

水筒《すいとう》に川の水をくんでいた大地《だいち》は大助《だいすけ》の手を引き、大急ぎで、貨車の上にもどった。お腹《なか》が大きい母親の手を引いて、引っ張《ぱ》りあげた。

シュー!

そのとたん、汽車は蒸気《じょうき》を吐《は》いて発車する。

「まだ、川に人がいるのに!」

見れば、走り出した列車を何人もの人が追ってくる。

その中に、いた。サクラだ! 女の子のサクラは、トイレをすますのをはずかしがり、はなれた場所にいたため、乗りおくれてしまったにちがいない。

「サクラちゃーん!」

大地は、大声で呼《よ》んだ。サクラは絶叫《ぜっきょう》した。

「助けて! 待ってぇ! 置いていかないで!」

それでも、憲兵たちは、中国人に発砲しながら、汽車を急がせる。

「サクラ！」

だれかが、避難《ひなん》列車から飛び降《お》りた。サクラの姉、カエデだ！

カエデちゃんまで！

妹を見捨《みす》てられずに、残ったのだ。大地《だいち》は、胸《むね》がつぶれるような思いだった。

「サクラちゃん！」

大地も思わず立ち上がったが、

「大和《やまと》！」

と呼《よ》ぶ母親の声でまたストンと座《すわ》った。

父親に頼《たの》まれたのだ。母と弟を守ることを。

今ここで自分が列車から降りるわけにはいかない。

貨車に残されたサクラとカエデの母が、半狂乱《はんきょうらん》になって泣きわめいている。続いて飛び降りようとするのを、周囲の人たちに両脇《りょうわき》から取り押《お》さえられている。

「止めて！　列車を止めてぇ……！」

けれども汽車は、ますますスピードを上げた。

大和の母親も、その様子を呆然《ぼうぜん》と見つめている。

「気の毒に、気の毒に……。こんなところに置いていかれたって……」

汽車は朝鮮《ちょうせん》半島に入った。いくつもの山や川を越《こ》えた。

今の北朝鮮の首都、平壌《ピョンヤン》に着いたところで、八月十五日、敗戦を迎《むか》えた。

避難者《ひなんしゃ》たちは、駅のラジオで、終戦を告げる昭和天皇《てんのう》の玉音《ぎょくおん》放送を聞いた。

みんな、おいおいと泣いている。

放送が終わると、憲兵《けんぺい》たちは、引きつった顔をしたまま、何か小声で話しあっていた。

「自決するなら任務《にんむ》の後だ」

という声も聞こえてきた。

とにかく、今は一刻《いっこく》の猶予《ゆうよ》もなかった。日本が負けたと知ったとたん、それまで日本が押《お》さえつけていた朝鮮《ちょうせん》でも暴動《ぼうどう》が起こり始めていたのだ。

すぐにまた汽笛を鳴らして列車は出発する。

草原の向こうから、暴民《ぼうみん》や、ソ連軍に味方した朝鮮共産軍の兵士たちが何度も列車をおそおうとしたが、そのたびに逃《に》げ切って走った。

こうなると、いくら金があっても、食料も手に入らなくなった。毎日水だけの生活で、みなやせ細っていく。いや、その水さえ、汽車をおりてなかなかくみにいくことができない。

暑さの中、のどがからからになりながらも、頭の上から服をかぶったり、いろいろな方法で日差しをふせいで、耐《た》える。

弟の大助《だいすけ》の衰弱《すいじゃく》ぶりはひどかった。しだいに、目がうつろになり、焦点《しょうてん》があわなくなる。ときどき、何かうわ言をいっている。

「がんばれよ！　もうすぐ内地だ！」

大地《だいち》たちははげましたが、みるみる弱っていく。

八月二十五日、最後に、ぱっちりと目をあけ、

「……お砂糖《さとう》が食べたい」

と言い残したのがあわれだった。

母親が気がついたときには、眠《ねむ》ったような顔で、冷たくなっていたのだ。

「どうしてこんなことに！　お父様に申《もう》し訳《わけ》が立たない！」

大地も、ショックで、喉《のど》がしめ上げられるような気持ちがした。

大和《やまと》の父親との約束を、守れなかったのだ……！

母親は泣き暮《く》らしたが、こうして命を落としていく小さい子たちは、何十人もいた。

汽車はもう、しばらく止めるわけにもいかなかった。だが、遺体《いたい》をそのまま貨車においておいたら、夏の暑さの中、腐《くさ》って大変なことになる。

走っている列車から、小さななきがらが、いくつも外に放《ほう》り投げられた。

いやがる母親の手から、死体をうばいとり、憲兵《けんぺい》が投げるのだ。

「……大助《だいすけ》！」

赤い夕日の中へ、弧《こ》を描《えが》いて落ちていく大助は、まるで小さな人形のように見えた。

10――見捨《みす》てられた日本人たち

「こらあ！　大地《だいち》！　そろそろ目を覚ましなさあい！　心配して、せっかく様子を見に来てあげたのに！」

とつぜんスミレの大声が響《ひび》き、大地は目を開けた。

「は、はいっ！」

大地は、風台《かぜだい》小学校の保健室《ほけんしつ》のベッドに寝《ね》かされていた。

山科《やましな》スミレが、横に立っていた。こっちは、サクラにそっくりでも、とんでもない強気の命令女だ。幽霊《ゆうれい》の呪縛《じゅばく》を大声で断《た》ち切るとは、さすがスミレだと大地は思った。

「あ、目を覚ましました！　先生！」

机《つくえ》に向かっていた保健《ほけん》の女の先生が、立ち上がって近づいてきた。

「どう？　気分は？　図書室で気を失うなんて、ひょっとして貧血《ひんけつ》だったのかしら？」

「あ、ああ……。ここは埼玉県《さいたまけん》か。よかった」

大地《だいち》は、ぼんやりと天井《てんじょう》を見上げて、つぶやいた。

背中《せなか》が汗《あせ》でぐっしょり濡《ぬ》れている。

そうか。たしか図書室で色々調べていたら、気が遠くなったんだ……。

壁《かべ》の時計を見ると、もう四時だった。授業《じゅぎょう》はとっくに終わっているはずだ。

「もうすぐ、お家の人がむかえにきてくれますからね。帰りに必ず病院に寄《よ》ってね」

保健《ほけん》の女の先生は、顔をのぞきこむ。

「ずっとぐうぐう眠《ねむ》っていたけれど、夢《ゆめ》を見てたの?」

「………」

すぐには、返事もできなかった。今見てきたことで、胸《むね》がいっぱいになっている。

すると、スミレが、おもしろそうに聞いてきた。

「でも、サクラちゃんて、だれ? さっき、寝《ね》ながら何度もいってた……。ひょっとして好きな子の名前?」

げっ。やばい。聞かれてたのか。大地は、かすれた声で答えた。

「……夢に、山科《やましな》サクラっていう、すごい美人が出てきたんだよ」

大地《だいち》が、なんとかごまかそうと、そういうと、スミレが目を丸くする。

「え？　山科《やましな》サクラ？　それ、おばあちゃんの名前といっしょ！」

え？　大地は、ゆっくり上半身を起こした。

「お、おばあちゃん？」

いったい、何がどうなっているんだ？

あの、スミレにそっくりな女の子は、スミレのおばあちゃんだったのか？

「ね、ねえ。おばあちゃんは、昔、満州《まんしゅう》に住んでいた？」

大地がたずねると、スミレはうなずいた。

「そうよ。満州、つまり中国にいたの。だから、わたしも、中国からきたわ。わたしの中国での名は、王素春《おうそしゅん》。おじいちゃんやお父さんは中国人。だからわたしには、日本と中国、両方の血が流れているの」

「おばあちゃんは、中国から日本に帰れなかったの？」

「おばあちゃんたち、一部の人だけ、取り残されたのよ。他《ほか》の人はほとんど、終戦後一年くらいたってから日本に引き揚《あ》げたって。それまでに亡《な》くなった人もたくさんいたらしいけれど」

大地の頭の中で、一つ何かがつながった。

「……そうなんだ」

それから、急に悲しい思いが、喉元《のどもと》からせり上がってきた。

新京《しんきょう》駅で射殺《しゃさつ》された、シャン。

顔に傷《きず》を負ったシャンの幽霊《ゆうれい》が、なぜ徳永大和《とくながやまと》を探《さが》していたのか、よくわかった。

そして、幼《おさな》くして亡《な》くなり、列車から放《ほう》り投げられた大助《だいすけ》！

かわいい弟だったのに！

思わず、両手で顔をおさえて、しばらくえっえっとしゃくりあげて、ベッドの中に丸まって泣いた。

そこへちょうど、母ちゃんが大地《だいち》をむかえにかけつけてきた。

保健室《ほけんしつ》のドアを開け、のっしのっしと入ってくる。

「いったい、どうしたの！　具合はどう？」

大地は、涙《なみだ》をぬぐうと、白い布団《ふとん》を押《お》しやって、ベッドから降《お》りる。

母ちゃんが、顔をのぞきこむ。スミレも聞いてきた。

「なぜ泣いてたの？」

それには答えなかった。とても簡単《かんたん》に説明できることではなかった。

「はあー。だいじょうぶだよ。歩いて帰れるから……」

「どうも、ご心配おかけしまして……。これから小児科《しょうにか》に連れていきます」

母ちゃんは、保健室《ほけんしつ》の先生と、そばにいたスミレに頭を下げた。

スミレは、「お大事に～」と手をひらひらふっている。

大地《だいち》は、スミレのおばあさんの名前がサクラだという情報《じょうほう》が気になっていた。

「……小児科より、ちょっとスミレちゃんの家に、話を聞きにいきたいんだけど」

そう訴《うった》えたが、母ちゃんは、許《ゆる》してくれない。

「なにいってるの！　まず病院が先でしょ？　こんなにみんなを心配させて！　パートの仕事だって、頭を下げてぬけさせてもらったんだからね！」

母ちゃんの車に乗せられ、近くの病院の小児科に寄《よ》る。検査をしても、いつも診《み》てくれる若い男の先生が診察《しんさつ》しても、何も異常は見つからなかった。

「竜巻《たつまき》があってから、体調をくずす子どもが増《ふ》えているんですよ。きっと大きなショックが影響《えいきょう》しているのかもしれませんね。恐《おそ》ろしい夢《ゆめ》を見て泣いたというのも、そのせいかもしれません……」

その夜、大地は、部屋の灯《あか》りを消して、シャンを待った。シャンとも話をしてみたかった。

だが、なんということだ！　待っているときに限《かぎ》って、やつは現《あらわ》れない。

知らぬ間にまた眠《ねむ》りこけていて、気がついたら朝だった。

「シャンったら！　あれだけ長い幻《まぼろし》を見させて、それで終わりなのか？」


次の日は、ちょうど土曜日で学校は休み。

大地《だいち》は朝ご飯を食べると家を飛び出し、早足にスミレのアパートに向かう。

竜巻《たつまき》の被災地《ひさいち》、西町《にしまち》は、まだ復旧《ふっきゅう》も手つかずの状態《じょうたい》で、ガレキもほとんど残ったままだ。

玄関《げんかん》のチャイムを押《お》すと、スミレが顔を突《つ》き出した。

「あらま、大地じゃない！　もうだいじょぶなの？」

「う、うん。ところでさ、ぼく、おばあさんに聞きたいことがあるんです。おばあさんは、山《やま》科《しな》サクラさんなんでしょう？」

「そうなのよ」

スミレは、少し奥《おく》に引っこんで、おばあさんと何か話している。

「どうぞ。中に入って」

再《ふたた》び玄関に出てきたスミレにうながされ、大地は家に上がった。

両親はすでに仕事に出かけて留守《るす》だという。大地《だいち》とスミレが、小さなテーブルの向かい側に座《すわ》った。

おばあさんは、また台所の椅子《いす》に腰掛《こしか》けていた。

よく見ると、台所の流しの上や、食器棚《しょっきだな》には、見慣《みな》れない中国の言葉が書かれた調味料や食材が並《なら》んでいる。

おばあさんは、座ったまま、電気ポットのお湯で大地にジャスミン茶を入れてくれた。

「ふう。おいしい～」

お茶をすすって、大地が一息つく。いや、のんびりしている場合ではなかった。

座り直し、おばあさんにたずねた。

「聞きたいことがあります。おばあさんは、山科《やましな》サクラさんですね。通っていたのは、満州《まんしゅう》の新京《しんきょう》にあった大文字小学校ではありませんか？」

自分でも信じられないくらい、テキパキと質問《しつもん》していた。避難《ひなん》列車でのあの緊張感《きんちょうかん》が、まだ続いているせいかもしれない。

しわだらけの顔の、小さな目が動いた。おばあさんは、じっと大地の顔を見た。

「そうよ……？」

大地《だいち》は、一言一言、確《たし》かめながらいった。

「そして、お姉さんの名前は、カエデさん。敗戦の八月、新京《しんきょう》からの避難《ひなん》列車に置いていかれて、カエデさんまで列車から飛びおりた。……そしてそれから、どうなったんですか？」

サクラおばあさんは、身を乗り出した。

「なぜ、知っているの？　そんなことまで！」

「近頃《ちかごろ》、夜になると、家に幽霊《ゆうれい》少年が出るんです。リュウ・シャンという中国の男の子で、新京にいた子です。それからというもの、ぼくは、終戦前後の満州《まんしゅう》の世界に放《ほう》りこまれて……。こうして事実と一致《いっち》するんだから、たぶん実際《じっさい》にあった出来事の中に……」

おばあさんは、悲しそうな目をして、スミレと顔を見合わせた。

それから、手元にあったハンカチを、握《にぎ》りしめていった。

「リュウ・シャン。ええ、あの子ね。太ってかわいい男の子だったのに、駅で射殺《しゃさつ》されたのよ……」

とちゅうから涙声《なみだごえ》になり、ハンカチで何度も目元をぬぐっている。

ヤバい。泣かせるつもりなんかなかったのに！　つらいことを、聞いてしまっている。

おばあさんは、ぽつぽつと話し出した。

「あのとき、汽車に置いていかれた、わたしと姉、そして、ほかの何人かの日本人たちは、中国人の暴民《ぼうみん》に取り囲まれました。大人の男性《だんせい》はほとんど、殺されました。女性《じょせい》や子どもは、刃物《はもの》でおどされ、連れていかれました。わたしは、姉とも引《ひ》き離《はな》され、ある農家に行くことになったんです」

「え、それで、どんな目にあったんですか？」

「最初は、どうされるのかと思ったのですが、列車に乗りおくれたことを、向こうもわかってくれていて、ありがたいことに、その家の子として養ってくれたんです」

「ふぅ。……よかったですね」

「でも、そのころの中国の農家のくらしは、貧《まず》しくて、朝から晩《ばん》まで働かされました。朝二時に起きて水をくんだり、家畜《かちく》の世話をしたり、畑をたがやしたり……。学校には少しだけ行かせてもらいましたが、そこでは、みんなわたしが日本人であることを知っていて、日本鬼子《リーベンクイズ》といじめられました」

スミレが口をはさんだ。

「今でも、日本人をにくみ続けている中国人は、たくさんいるの！　日本が戦争中にしたことは、だれも忘《わす》れてない。教科書にもはっきり書いてあったし。何も知らないのは、今の日本人だけ！」

大地《だいち》は、スミレの迫力《はくりょく》にタジタジとなる。サクラおばあさんは続けた。

「大人になって、日本人のわたしでもいいからといってくれた、中国人の主人と結婚《けっこん》しました。中国残留孤児《ざんりゅうこじ》のわたしが日本に帰るまで、四十年もかかりました……」

「日本に住んだのは、つい最近でしょう？」

「そうなんです。日本に一時帰国しましたが、残念なことに、両親はすでに他界《たかい》していました。身よりもないのに戻《もど》ってもしかたないと、ずっと中国で暮《く》らしていたんですが、娘夫婦《むすめふうふ》がどうしても日本に行きたいというので、こうしてスミレを連れて、やってきたわけです」

「……なるほど。そういうわけか。それで、カエデお姉さんは、どうなったんですか？」

「しばらくは、どこにいるのか、見当もつきませんでした。それが、分かれ分かれになって三年ほど経《た》ったある日、飼《か》っていた牛を放牧させるため、木の枝《えだ》を持って牛を追っていたら、草原の遠くから、名前を呼《よ》ばれたんです。姉のカエデでした。姉は、同じように少しはなれた農家の養女になっていました。抱《だ》き合って泣きました」

「……そして？」

「それからは、ときどき、家族の目をぬすんで会うようになりました。姉は、よく空を見上げていっていました。日本に帰りたい。もしも自分たちが鳥なら、海を越《こ》えて日本に帰れるのにねって。満州《まんしゅう》で夏を過《す》ごしたツルは、日本に渡《わた》って冬を越《こ》すと聞いていましたから。でも姉はけっきょく三十歳《さい》になる前に病死したと、ずいぶん後になってから聞きました。どんなにか、日本に帰りたかったでしょうに……！」

おばあさんは、おいおい泣きながらいった。

「日本はひどい。わたしたちだけでなく、中国に取り残された日本人は、たくさんいました。ソ連軍が国境《こっきょう》からなだれを打《う》って攻《せ》め入《い》ってきて、満州の日本人は戦車に追われ、それはそれは大変な目にあったんです。逃避行《とうひこう》の中、親たちはしかたなく、まだ小さい子を現地《げんち》の中国人に育ててくれるように頼《たの》みました。こうした残留孤児《ざんりゅうこじ》の数は、数千人ともいわれています。それなのに、日本と中国の国交が回復《かいふく》しても、しばらくの間は、日本政府《せいふ》はわたしたちを探《さが》し出して助けようとしてくれなかった……」

大地《だいち》は、身を乗り出した。国が国民を見捨《みす》てるなんて！

「見捨てられたままだった、っていうことですかっ！」

「そう。やっと肉親が見つかり、日本に帰ってきても、今の日本人は、満州のことを何も知らない。なぜ日本人なのに、中国にいたんですか、なんて聞いてくる。わたしよりもっと小さかった残留孤児《ざんりゅうこじ》は、大人になって日本に戻《もど》っても、日本語が話せず、仕事もなく、苦労する……。戦争は、戦争は……、いえ、国は！　けっきょく一般《いっぱん》市民を利用するだけ利用し、最後には見捨《みす》てるんです……」

そこへ、スミレが口をはさんだ。

「じつは、昨日の夜、家にもきたんだ、その幽霊《ゆうれい》」

サクラおばあさんも、うなずいた。大地《だいち》はのけぞった。

「え？　リュウ・シャン？　ぼくんちに来なかったと思ったら、こっちへ？　登場するとき、おはやしの音がした？」

「そうそう。毎度バカバカしいお話ですが、リュウ・シャンですっていって、現《あらわ》れたの」

おそらくシャンも、スミレのおばあさんが、山科《やましな》サクラであることに気づいたのだろう。ひょっとして保健室《ほけんしつ》での会話を、どこかで聞いていたのだろうか。おばあさんはいう。

「家族みんなで目撃《もくげき》しました。わたしのことを、なつかしそうに見つめて、身の上話をしてくれました」

大地は、膝《ひざ》の上に置いた手で、ズボンをぎゅっと握《にぎ》りしめた。

「ぼくは、そのシャンに満州《まんしゅう》の体験をさせられ、徳永大和《とくながやまと》って人にさせられるんです。サクラさんが、非国民《ひこくみん》だって図画の授業中《じゅぎょうちゅう》に先生に怒《おこ》られたとき、助けてあげたときのこととか」

おばあさんは、なつかしそうに、ほほえんだ。

「そうでしたね。その日、姉がビスケットを焼いて、お礼に伺《うかが》ったんでした」

「いったいその、徳永大和《とくながやまと》って、どういう人なんですか？　今どこでどうしているか、知りませんか？」

すると、おばあさんは、さらりといってのけた。

「あら、徳永さんなら、ここのすぐ近くにお住まいのはずです。このアパートを紹介《しょうかい》してくださったのも、徳永さんなの。中国残留孤児《ざんりゅうこじ》を手助けする活動を、熱心にやっていらして。このところ、しばらくお目にかかっていませんが」

「ええ？　な、なんだって！　徳永大和が、この近くに！」

これこそ、灯台下暗《とうだいもとくら》しだと大地《だいち》は思った。

会いたい！　会って話を聞きたい！

きっと今は、あの大和も、すっかりおじいさんになっていることだろう。

「だったら、シャンが探《さが》しているのは、そのおじいさんのはずだ！　ぼくなんかじゃなくて！

いったい住所はどこですか？」

おばあさんはスミレに、棚《たな》から何かを持ってくるようにいった。

スミレが引き出しをひっかきまわして、白い名刺《めいし》を探《さが》し出してきた。

中国帰国家族を助ける会　会長
徳永大和《とくながやまと》

住所は、同じN市になっている。

大地《だいち》はメモ用紙を借りると、あわてて住所と電話番号を書き留《かと》めた。

「ありがとうございます。ここに電話をかけて、会ってもらえないか、聞いてみます」

大地は、お礼もそこそこに、アパートを飛び出す。

11――正体

家に戻《もど》った大地《だいち》は、母ちゃんが風呂掃除《ふろそうじ》をしている隙《すき》に、廊下《ろうか》で電話をかけることにした。受話器を取り上げながら、思う。以前の自分なら、知らない家に電話するなんて、ぜったいできなかっただろう。

でも、満州《まんしゅう》で避難《ひなん》列車に乗って、さまざまな体験をするうち、自然と自分から手や足が動くようになっていた。

てきぱきしていなくちゃ、戦争中なら、とても生き延《の》びられない。

誰《だれ》かに言われる前に、自分で考えて、行動しなくては！

「もしもし、徳永《とくなが》さんのお宅《たく》ですか？」

電話に徳永大和《やまと》が出るかと思うと、ドキドキして、目の前が霞《かす》みそうになる。

「ぼく、東町《ひがしまち》に住む高野《たかの》大地といいます。徳永大和さんは、いらっしゃいますか？」

中年の女性の声がした。

「高野大地《たかのだいち》くん？　もしかすると、高野大吉《だいきち》さんのお孫さん？」

げっ。なんで、亡《な》くなったぼくのおじいちゃんのことを、知っているんだろう。

大地はあせりまくった。

「はい。そうです……」

電話に出たのは、どうやら徳永大和《とくながやまと》の息子《むすこ》のお嫁《よめ》さんのようだった。

しかし、そのおばさんは、すまなさそうにいった。

「ごめんなさい。うちのおじいちゃんね、この前、脳梗塞《のうこうそく》になって、病院で意識《いしき》がないままなの。あの竜巻《たつまき》の日に倒《たお》れて、大変だったのよ。ええ、幸い家はだいじょうぶだったんですけれどね。あと数日持つかどうかって、お医者さんはおっしゃっていて。いったい何のご用かしら？」

「ぼく、最近、満州《まんしゅう》の幻《まぼろし》ばかり見るんです。しかも、徳永大和っていう小学生にさせられるんです。いったいどうしてなのか、わけを知りたくて」

くわしく説明すると、おばさんは、こういった。

「ひょっとして、おじいちゃんの魂《たましい》が、あちこちさまよっているのかもしれないわね……。

いいわ。病院を教えるから、きてちょうだい。できれば、お母さんやお父さんといっしょに。こちらからも、連絡《れんらく》しなくていいか、迷《まよ》っていたところなの」

「えっと……。ぼくの家と徳永《とくなが》さんって知り合いなんですか？」

「そうよ。知らなかったの？　亡《な》くなったあなたのおじいさんの大吉《だいきち》さんは、徳永大和《やまと》の弟よ。名字はちがうけれどね……」

病院の名前と場所を教えてもらい、電話を切った大地《だいち》は、風呂掃除《ふろそうじ》をしている母ちゃんのところに走っていった。

「どうして教えてくれなかったんだよ！　徳永大和は、おじいちゃんのお兄さんだって。今、脳梗塞《のうこうそく》で危篤《きとく》だって。午後病院に来てくれって！」

何度も説明すると、風呂場の入り口から、母ちゃんが、スポンジを持ったまま顔を出した。

「え？　おじいちゃんのお兄さん？　徳永っていう名前だったの？　ごめん、お母さんは知らなかった」

「……なんでだよっ」

風呂場掃除を終えた母ちゃんは、エプロンで手を拭《ふ》きながらいった。

「親戚《しんせき》だけど、絶縁状態《ぜつえんじょうたい》だったのよ。おじいちゃんはね、おばあちゃんと結婚《けっこん》するとき、駆《か》け落《お》ちだったんだって。そのとき名字もおばあちゃんの方の高野《たかの》に変えたの」

「駆《か》け落《お》ちって？」

「親に許《ゆる》されずに結婚《けっこん》すること。それで、実家の親には勘当《かんどう》され、絶縁状態《ぜつえんじょうたい》だった。おじいちゃんの実家の人とは、年賀状《ねんがじょう》のやりとりさえしていないわ。おじいちゃんも、知らなくていいっていいってたし。お父さんは、自分の親の実家だから、少しは連絡《れんらく》をとっていたのかもしれないけれど」

母ちゃんは、台所の椅子《いす》に座《すわ》り、携帯《けいたい》をいじって、大阪《おおさか》にいる父ちゃんとメールでやりとりする。

父ちゃんは、母ちゃんに伝言した。

とても病院にいっしょには行けないが、よろしくー、と。

大地《だいち》のおじいちゃんが亡《な》くなったとき、父ちゃんは、徳永《とくなが》家の連絡先《れんらくさき》を調べて訃報《ふほう》を伝えたらしい。

徳永大和《やまと》も、こっそりお線香《せんこう》を上げに通夜《つや》のとき訪《おとず》れていたという。

だが、弔問客《ちょうもんきゃく》は大勢《おおぜい》おり、それがおじいちゃんの兄であることを、母ちゃんは知らされなかった。

大地《だいち》は、最初混乱《こんらん》していたが、考え直してわかった。

徳永大和《とくながやまと》の弟の大助《だいすけ》は、満州《まんしゅう》で亡《な》くなった。

しかし、大地のおじいちゃんの大吉《だいきち》も、徳永大和の弟だという。

って、ことは？　そうだ！　おじいちゃんは、大和たちが満州から避難《ひなん》するとき、母親がお腹《なか》に宿していた子どもにちがいない！

大地が、これまでのことを説明すると、母ちゃんは、興奮《こうふん》気味にまくしたてた。

「この前の幽霊《ゆうれい》の話は、本当だったたっていうの？　あなたは、徳永大和さんの満州の子ども時代のことを、その幽霊に見させられるようになったたって……」

「生死をさまよっている徳永大和の霊が、シャンをあの世から呼《よ》んだのかもしれない。シャンっていうのは、徳永家でボーイをしていた中国人の男の子で……。そしてシャンは、徳永大和さんとぼくを間違《まちが》え、昔のことを思い出させようと、ぼくを変な世界に放《ほう》りこんだ」

「……人違《ひとちが》いだったたっていうわけ？」

「たぶん、そうだと思う。なにしろ、子ども時代の徳永大和は、ぼくにそっくりなんだ。それにシャンは、超《ちょう》おっちょこちょいだし……」

また空のようすがおかしくなったのは、その日の昼過《ひるす》ぎからだった。日が陰《かげ》り、風がヒューヒューと不気味な音を立てる。大粒《おおつぶ》の雨がぽつりぽつりと降《ふ》ってくる。N市には、大雨、強風、竜巻注意報《たつまきちゅういほう》が出た。

大地《だいち》は、母ちゃんが運転する車で、徳永大和《とくながやまと》が入院しているN駅前の中央病院に向かった。妹のもえ子は、迷惑《めいわく》だからと、近所の家に預《あず》けてきた。

スミレにも連絡《れんらく》して、サクラおばあちゃんに、徳永大和が危篤《きとく》であることを伝えてもらった。スミレは「なんとかおばあちゃんを、タクシーで病院へ連れて行きたい」とあわてていた。

駐車場《ちゅうしゃじょう》に車を止め、病院の正面玄関《げんかん》を入って、三階の病棟《びょうとう》に上がる。消毒液《しょうどくえき》の臭《にお》い。大地たちは、ナースステーションの消毒薬で、手を清める。

リノリウムの廊下《ろうか》をつきあたった右側の個室《こしつ》だと、看護師《かんごし》に教えられた。

ノックする。約束した午後三時きっかりだ。

「高野《たかの》でございます……」

めずらしく紺色《こんいろ》のワンピースなんか着こんだ母ちゃんが、中に声をかけると、さっき電話に出たらしい徳永家の小柄《こがら》なおばさんと、白髪頭《しらがあたま》の見知らぬおじいさんが、ベッド脇《わき》のパイプ椅子《いす》から立ち上がった。

ベッドの中に、やせ細った徳永大和《とくながやまと》がいた。鼻や腕《うで》に、たくさんのチューブがつながれている。しかしその顔は、満州《まんしゅう》の子ども時代の面影《おもかげ》を残していた。

ベッドの脇《わき》にみな並《なら》んで座《すわ》り、おばさんが説明した。

「ずっとこうして眠《ねむ》ったきりなんです。そして、ときどきうわ言をいう。新京《しんきょう》とか、憲兵《けんぺい》とか……」

大地《だいち》は、これまでの体験を話した。

「シャンという名の、幽霊《ゆうれい》少年が、ぼくのところに毎晩《まいばん》やってくるんです」

おばさんは、うなずいている。

「義父《ちち》が話していた思い出話とすべて一致《いっち》しますね。とくに、その中国人の少年が撃《う》たれて死んだことを、何度もつらそうに話していました。そして、知り合いの姉妹が、避難《ひなん》列車からおいていかれたことも。そういうわけで、中国残留孤児《ざんりゅうこじ》の帰国が始まると、いてもたってもいられなくなり、会社の仕事のかたわら、残留孤児を支援《しえん》する活動をはじめたんです」

「そして、山科《やましな》サクラさんに再会《さいかい》したんですね？」

「そうです。名前を見てすぐわかり、帰国したら自分が面倒《めんどう》を見るんだと、近所にアパートまで探《さが》し、生活の世話をぜんぶやいていました。再《ふたた》び日本で会えたことを、それはそれは喜んでいたんですよ」

大地《だいち》はたずねた。

「大和《やまと》さんは、朝鮮《ちょうせん》半島から、その後いったいどうやって日本に帰ってきたんですか?」

「なんでも、憲兵《けんぺい》が高いお金を払《はら》って何艘《なんそう》か漁船を買いつけ、山口《やまぐち》の港までもどってきたんですって」

「……きっと、あれからもたくさん、小さい子たちが死んだんだろうなあ」

大地は、想像《そうぞう》して、胸《むね》が痛《いた》んだ。

「ところで、新京に残った大和さんのお父さんは、その後無事帰国できたんですか?」

「いいえ、終戦後、ソ連軍に連行され、戦犯《せんぱん》として中国側に引き渡《わた》され、収容所《しゅうようじょ》で亡《な》くなったと聞いています」

あんなにいいお父さんだったのに!

おそらく、自分の次男、大助《だいすけ》が亡くなったことも、知らずに逝《い》ったのだろう……。

おばさんは、いった。

「大和おじいちゃんは、若《わか》い人を見かけると、もう戦争はぜったいいけない、二度と同じ悲劇《ひげき》をくりかえすなと、必ずこんこんと説教していました。あなたにも、その気持ちがどこかで伝わったのかもしれないわ」

するると、横のパイプ椅子《いす》に座《すわ》っていた白髪《しらが》のおじいさんが、いきなり口を開いた。

「わたしのところにも、大和《やまと》さんの魂《たましい》は来たんですよ。それで、こうして朝鮮《ちょうせん》半島からやってきたんですよ」

だれだ？　この人は？

でもその話し方に、聞き覚えがあった。

「朝鮮？　もしかして、龍之介《りゅうのすけ》、さん？」

おじいさんは、うなずいた。

「そうです。日本の名前は、川端《かわばた》龍之介。父がふざけて、日本の小説家二人の名前を合わせて作りました。本当の韓国《かんこく》での名は、李相均《イサンギュン》といいます」

「やっぱり！　新京《しんきょう》で隣《となり》に住んでいた龍之介さんだ！　今は韓国《かんこく》にいるんですね。でもどうやって、大和さんのいる場所がわかったんですか？」

「インターネットで何度も調べると、大文字小学校の同窓会《どうそうかい》のホームページを見つけたんですよ！　同窓生はみな、おじいさんやおばあさんばかりだが、パソコンを使いこなして、しっかりしたホームページを作ったんですよ。わたしは、そこへ連絡《れんらく》をとり、徳永《とくなが》大和さんの住所を教えてもらいました」

「へえ！　満州《まんしゅう》にあった小学校のホームページがあるんですね！」

「そうなんですよ。そのおかげで、今日、約七十年ぶりに、また大和《やまと》さんに会うことができたんですよ。きっと生死をさまよっている大和さんの魂《たましい》が、満州にいたみんなの魂を呼《よ》び集めていたのでしょう」

そこへ、ドアが開いて入ってきたのが、車椅子《くるまいす》のサクラおばあちゃんと、付《つ》き添《そ》ってきたスミレだった。

サクラおばあちゃんは、ベッドで眠《ねむ》り続ける徳永《とくなが》大和に語りかける。

「大和さん……」

徳永家のおばさんが、大和の命が、もう長くはないことを伝えている。

サクラおばあさんは、悲しそうに大和の顔をのぞきこんだ。

「わたしたちが日本で暮《く》らせるようになったのも、徳永さんのおかげです。ありがとう存《ぞん》じます。右も左もわからない日本での生活を、一から世話していただきました。最初、おたがいの名前で同級生だとわかったときは、驚《おどろ》きましたねえ。どんなにうれしく、心強かったことか……」

大地《だいち》は気がついて、サクラおばあさんに龍之介《りゅうのすけ》さんを紹介《しょうかい》した。

「この方は、同じ大文字《だいもんじ》小学校の川端龍之介《かわばたりゅうのすけ》さんですよ」

「え？」

サクラおばあさんの驚《おどろ》きようといったら、なかった。

「こちらは、山科《やましな》サクラさんですよ」

龍之介も、サクラおばあさんを見つめ返した。

「なつかしい！」

二人とも、手をとりあわんばかりにして、あれからの身の上話に花を咲《さ》かせている。

そこへ、思いもかけないことが起こった。

空中を、レモン色の光がゆらゆらとさまよい始めたのだ。

その光は、ベッドの徳永大和《とくながやまと》の頭の部分にすうっと入っていった。

徳永大和は、うっすらと目を開けた。みんなして、ベッドをのぞきこむ。

サクラおばあさんが、話しかけている。

「気がつかれたんですね！」

龍之介が、叫《さけ》んだ。

「来ましたよ！　龍之介《りゅうのすけ》ですよ！　また会えましたね……」

徳永大和《とくながやまと》は、龍之介を見ると、つぶやいた。

「……約束したものな。いつかもう一度会おうって」

龍之介は、大和の意識《いしき》があるうちにと、早口でしゃべった。

「あの日家に別れを告げにきてくれたときは、日本人を責《せ》めるばかりで悪かった！　でも、君と別れるのは、本当にさみしかったんですよ。一言それを伝えたかったんですよ。軍関係者だけが避難《ひなん》することも、約束通り、秘密《ひみつ》にしたんですよ！　もしだれかに漏《も》らしたら、暴動《ぼうどう》が起きていたんですよ」

「……ありがとう。感謝《かんしゃ》する」

大和は、表情《ひょうじょう》は変えられなかったが、小さい声で返事をした。

サクラおばあさんが、声をかけた。

「大和さん、しっかりなさってください……」

すると、大和は、サクラおばあさんをやさしい目で見つめ返した。

「サクラさんにまた会えて、本当によかった……」

徳永家のおばさんが、大地《だいち》と母ちゃんを大和に紹介《しょうかい》した。

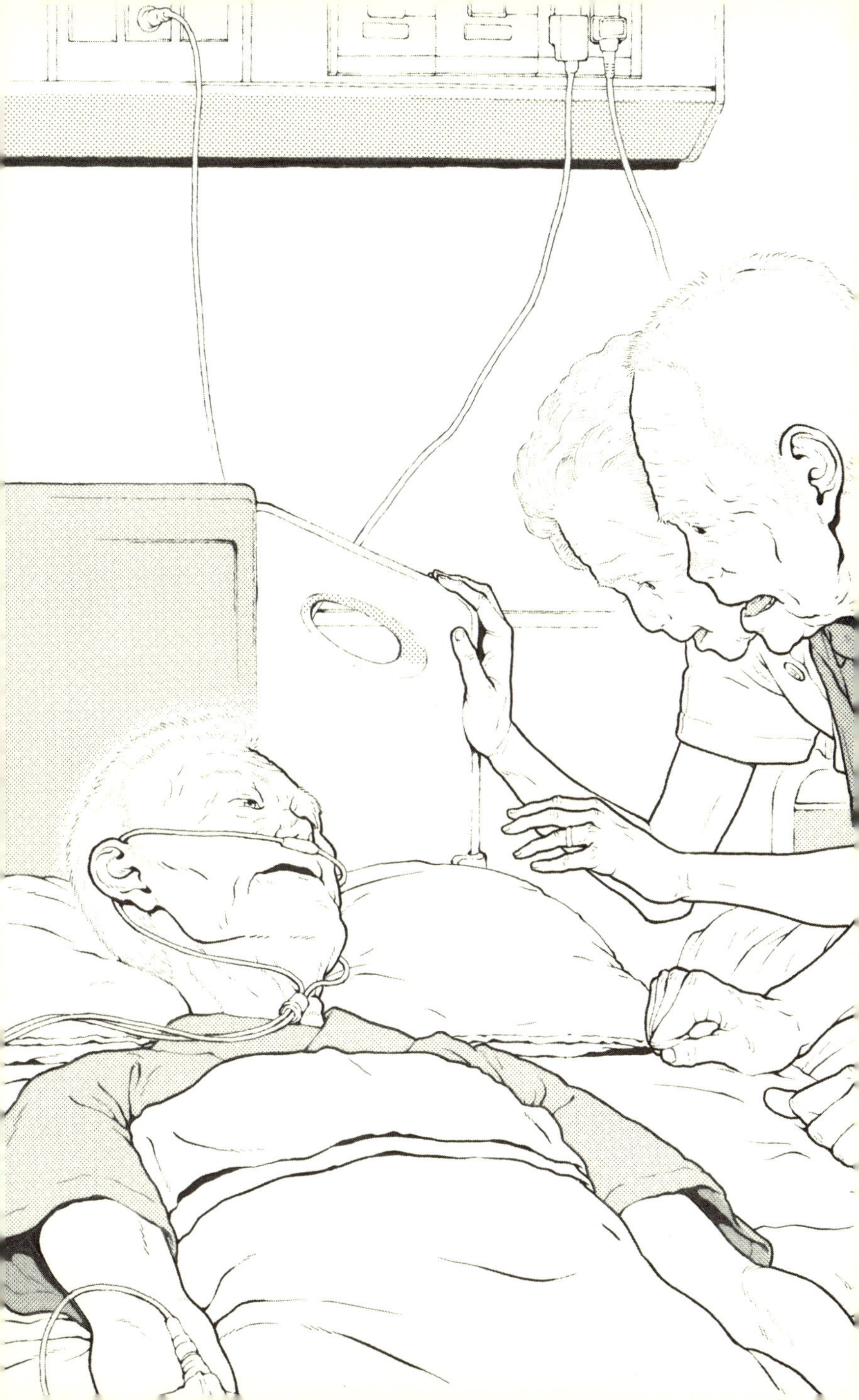

「こちら、大吉《だいきち》さんの家のお嫁《よめ》さんとお孫さん……」

大和《やまと》が、じっと大地《だいち》たちの方を見た。

母ちゃんが、あわてて頭をぺこりと下げた。大地は、挨拶《あいさつ》した。

「初めまして。このごろぼく、大和さんの昔の出来事をよく幻《まぼろし》で見て体験するんです。戦争中の悲惨《ひさん》な出来事とか……」

大和は、小さい声だが、一つ一つ確《たし》かめるように、はっきりと大地に告げた。

「……戦争はね。もうぜったいしちゃいけませんよ。君たち若《わか》い世代は、しっかり勉強して正しいことを知り、戦争だけは避《さ》けてください。日本の未来のためにもね……」

さっきおばさんがいった通り、しつこいくらい大和は長くしゃべった。以前の大地なら「お年寄《としよ》りのお説教」と思って聞き流していたかもしれない。だが今はちがう。

「……そうですね。ぼくも、戦争なんか大きらいだ！　だけどなぜ、戦争は起きるんでしょう？　くいとめられなかったんでしょう？」

「戦争をすると、政治家《せいじか》は人気を集められる。兵器を売れば、もうかる者がたくさんいる。だから政治家と商人が結託《けったく》して、国民をあおり、だまし、戦争をしようとする。……今だって、同じことが起きようとしている」

大和《やまと》は、しゃべって疲《つか》れたのか、また目を閉《と》じ、再《ふたた》び眠ってしまう。すると、そばにいた龍之介《りゅうのすけ》が、大きくうなずきながら、高い声で話し始めた。

「わたしだって、もう戦争はこりごりですよ！」

大地《だいち》は聞いてみた。

「いったいどうやって、新京《しんきょう》から朝鮮《ちょうせん》半島に帰ったんですか？」

龍之介は、話し出した。

「父は、日本名を名乗っていたため、終戦後ソ連軍につれていかれ、シベリアで強制《きょうせい》労働をして働かされました。氷点下の寒さの中で、ろくな食糧《しょくりょう》も与《あた》えられず、多くの日本人と同様に日本からは見捨てられたまま亡《な》くなり、二度と帰ってきませんでした。朝鮮人なのに、日本の戦争に巻きこまれて死んだんですよ。わたしたち兄弟と母は、終戦の翌年、ようやく父の帰りをあきらめて馬車を借り、途中《とちゅう》から船に乗り、命からがらソウルにもどりました」

「ご家族だけでもご無事で、よかったですね……」

あまり話のわかっていない母ちゃんが、適当《てきとう》な相《あい》づちを打つ。

すると龍之介は、続けた。

「いや、本当に大変だったのは、それからでしたよ。朝鮮半島は、南北に分かれ、朝鮮戦争が始まってしまったんです。朝鮮半島《ちょうせんはんとう》全土が戦場となり、国土は荒《あ》れはてましたよ。日本では、昭和二十年に終戦となりましたが、中国でも、朝鮮でも、まだ戦争はずっと続いていたんですよ。もう本当に、戦争はいやです！　平和を祈《いの》る仕事をしたくて、教会の牧師《ぼくし》になりました」

そのとき、病室の窓《まど》ガラスの向こうに、また暴風《ぼうふう》が吹《ふ》き荒《あ》れ始めた。

小さな竜巻《たつまき》のような風が、住宅街《じゅうたくがい》の上を移動《いどう》していく。

大地《だいち》は、窓の外に向かって呼《よ》びかけた。

「シャン！　来るなら、こい！　ここに徳永大和《とくながやまと》がいるんだぞ！」

思いついて、大地は、病室の電気を消した。

「幽霊《ゆうれい》のシャンを呼《よ》ぶために、カーテンを閉《し》めてもいいですか。やつは、暗くしないとやってこない」

許可《きょか》を得て、ベージュ色のカーテンも閉めた。部屋の中は、暗くなる。

「さあ、シャン、シャン！」

すると、聞こえてきた。

トントントン……。ピーヒャララ。ベベンベンベン。

徳永大和《とくながやまと》のベッドの向こう、カーテンの閉《し》まった窓の下に、ぼうっと青い光が浮《う》かび上がりはじめた。

シャンが、ぴしっと正座《せいざ》しておじぎをする。

「毎度、バカバカしいお話で。おや、今日は、みなさまおそろいですな」

大地《だいち》が、そばの母親をつついた。

「母ちゃんにも、見える？　あの落語家みたいな幽霊《ゆうれい》」

母ちゃんは、すっとんきょうな顔をして、首をふっている。

「え？　な、何も……」

大地は、シャンに注文した。

「見えてない人もいるみたいだよ」

すると、シャンは、正座したまま、ちょっと後ずさって、頭をかいた。

「こりゃ失礼。ちょっと怨念《おんねん》の強さが弱かったようで……。これでどうでしょう」

そのとたん、シャンが放つ青い光はぐっと強くなって、あたりをこうこうと照らし出すほどになった。顔の傷《きず》から、血がどろどろとしたたっている。

母ちゃんが、さけんだ。

「わ！　お、オバケ！　ほんとに出たあ！　きゃあああ……！」

そういって、顔を両手でおさえてブルブルふるえている。

大地《だいち》は思った。なんだよ、オバケにあったら追《お》い払《はら》うとか、いってたくせに……。

大地は、シャンに叫《さけ》んだ。

「ほら、このベッドにいるのが、本当の徳永大和《とくながやまと》さん！　ぼくじゃないよ！　やっぱり人ちがいだったでしょ！」

シャンは、頭をかくと、扇子《せんす》で頭をぴしっと叩《たた》くようなしぐさをした。

「こりゃ、まいった。申《もう》し訳《わけ》ありませんでした。時が経《た》てば、人は年をとることを、すっかり忘《わす》れていた……。山科《やましな》サクラさんと聞いて、会いに飛んでいったら、おばあさんになっていたんで、びっくりした……。あなたが、あまりにもおぼっちゃまそっくりで、しかもわたしを呼《よ》んだ霊《れい》のすぐ近くにいらしたものですから」

「……気づけよ。当たり前じゃないか」

白髪頭《しらがあたま》の龍之介《りゅうのすけ》が、シャンを見て、声をふるわせている。

「……シャン！　こんな所でまた会えるなんて！　龍之介《りゅうのすけ》ですよ。覚えていますか？」

シャンは、とたんに、うれしそうな顔になった。

「覚えていますとも！　……なつかしい。今までいったい、どこにいたんですか？」

「大和《やまと》さんの魂《たましい》に呼《よ》ばれて、朝鮮《ちようせん》半島から来たんですよ」

サクラおばあちゃんも、シャンにほほえみかけている。

「ようやく、平和な時代になって、みんなで会えたんですね」

そこへ、徳永《とくなが》大和が目をかっと見開いた。

「……シャン。リュウ・シャンか？　本当に？」

「お、おぼっちゃま！」

シャンは、立ち上がって、ベッドにかけよる。

大和は、シャンの顔を、じっと見上げたまま、はっきりとこういった。

「……本当に済《す》まなかった。ずっと後悔《こうかい》してきた。わたしのせいだ、憲兵《けんぺい》に撃《う》たれてしまったのは！　申《もう》し訳《わけ》ない……」

体を動かせたら、土下座《どげざ》しそうな勢《いきお》いのあやまり方だった。寝《ね》ている顔から、涙《なみだ》がするりとこぼれる。

シャンは、首を振《ふ》った。

「いいんです。悪いのは、おぼっちゃまではありません。いつもそそっかしい自分の方です。

でもこれからは、もうずっといっしょですよ。さあ、参りましょう。あの世でまた楽しく遊びましょう。ようやくなかよく暮《く》らせます。国とか民族とか、分けへだてなく、おたがい同じ人間として……」

シャンも、感きわまって、言葉をつまらせながら、泣いていた。

そして、大和《やまと》の手をとった。

「では、そろそろ行きましょう。おぼっちゃま。お迎《むか》えがおくれて申《もう》し訳《わけ》ありませんでした」

徳永《とくなが》大和は、満足そうにうなずいた。

「ありがとう、迎えにきてくれて。これでわたしも、思い残すことなく、あの世に行ける」

そのとたん、徳永大和の体から、またレモン色の光が、すうっと抜《ぬ》け出た。

やがて、病室の中に、小さな渦《うず》が巻《ま》きはじめた。

シャンは、その中に吸《す》い込《こ》まれていく。徳永大和のレモン色の魂《たましい》といっしょに。

渦は、ひゅうっと天井《てんじょう》近くまで高くあがる。

「天に召《め》されるときが、きたのですよ」

龍之介《りゅうのすけ》が、そうつぶやき、祈《いの》りを捧《ささ》げはじめた。シャンが告げた。

「わたしたちは、これからあの世でくらします。弟の大助《だいすけ》君も待っています。奥様《おくさま》も、旦那様《だんなさま》も……」

これでようやく、シャンは本物の大和《やまと》を連れて帰ることができるんだ。大地《だいち》は、叫《さけ》んだ。

「……さよなら！　元気で……。じゃない、いつまでも幸せに！」

シャンの声が聞こえた。

「大地くんのことも、あの世でお待ちしていますからね！」

大地は、「げっ」と思った。まだ自分は行く気ないですけど……。

やがて天井《てんじょう》にあった渦《うず》は、カーテンのかかった窓《まど》をするりとぬけ、外に飛び出していった。

シャンの声が、遠ざかっていく。

「どうやら、お後がよろしいようで……」

トントントン……。ピーヒャララ。ベベンベンベン。

大地は、窓にかけより、カーテンを開けてみた。

小さな竜巻《たつまき》が、住宅街《じゅうたくがい》の向こうに消えていく。

はっとした龍之介《りゅうのすけ》が、ベッドの徳永大和《とくながやまと》の鼻先に手を近づける。

「……もう、息をしていない」

サクラおばあさんが、叫《さけ》ぶ。

「大和《やまと》さん！　大和さーん！」

すぐに枕元《まくらもと》のナースコールで医者が呼《よ》ばれる。

「大変です！　ようすがおかしいんです。息が止まっていて……」

中年の男の医者が走ってきた。看護師《かんごし》も集まってきた。ベッドの脇《わき》に置かれた機械のモニターをのぞき、体を診察《しんさつ》し、医者は、低い声でこう告げた。

「ご臨終《りんじゅう》です……」

大地《だいち》は、ここではじめて我《われ》に返って混乱《こんらん》した。

「ごめんなさい。ぼくが、シャンを呼《よ》んだばっかりに！」

すると、徳永《とくなが》家のおばさんは首を振《ふ》った。

「いいんです。義父《ちち》はずっと、シャンが死んだことを気に病《や》んで生きてきました。こうしていっしょにあの世に行けて、きっと幸せだったはずです。最期《さいご》は、ほほえんで逝《い》くことができましたからね」

おばさんのいう通り、亡《な》くなった徳永大和は、なんとも幸せそうな顔をしていた。

きっと、今までずっとかかえつづけていた肩《かた》の荷を、やっとおろすことができたのだと、大《だい》地《ち》は思った。

次の月曜日。大地は学校の教室で、スミレにぽんと肩《かた》を叩《たた》かれた。

「けっこう活躍《かつやく》したよね、大地！　かっこよかったよ！　おばあちゃんも、亡《な》くなる前に大和《やまと》さんに会えてよかったって。よろしくお伝えくださいって」

「い、いえ、どういたしまして……」

しかし、あいかわらずスミレは、授業中《じゅぎょうちゅう》に命令する。

「おい、ふりがな！」

けれども大地は、もう二度と従《したが》わなかった。向き直って首を振《ふ》った。

「ねえ、スミレちゃん。わからなければ、自分で調べなよ。自分でよく考えず、人のいうことばかり聞いていると、とんでもない世の中になるってよくわかったから、ぼくはもう、すぐに命令に従うのは、やめることにする！」

「………！」

そのときのスミレの顔といったらない。少し考えて、にこっとうなずいた。

「うん、わかった、オッケー！　今度、漢字の辞書を買ってもらうことにする。今までありがと！」

そしてスミレは、しみじみといった。

「見直したよ。もう、今までの大地《だいち》じゃないんだね……」

スミレが初めて誉《ほ》めてくれたのがうれしくて、大地は思わず、てへっと笑った。

あとがき

私《わたし》が「満州《まんしゅう》」（中国東北部）に興味《きょうみ》を持ったのは約十年前のことです。すでに亡《な》くなられましたが、青柳定郎《あおやぎさだお》さんという年配の知り合いの方が、新京《しんきょう》からの引《ひ》き揚《あ》げ体験を、何度も童話に書いていらっしゃいました。その作品を拝読《はいどく》し「満州を伝えたい」という熱意に触《ふ》れ、敗戦時に満州であった出来事を後の世代に伝える意味は大きいと強く感じました。青柳さんに頼《たの》んで、新京にあった桜《さくら》木《ぎ》小学校という学校の同窓会《どうそうかい》に取材に通い、満州について一から教えていただきました。また、現地《げんち》にも旅行し、長春《ちょうしゅん》（新京）やハルビン、大連《だいれん》などの様子も見てきました。

最初はノンフィクションで書きましたが、今の子どもたちにはなかなか伝わりにくいと感じ、思いきってフィクション化し、シャンの物語になりました。登場人物はすべて架空《かくう》です。補足《ほそく》ですが、新京の小学生たちが歌っていたのは「夜汽車」という満州唱歌《まんしゅうしょうか》です。出来上がった作品は「新しい長編《ちょうへん》戦争児童文学」

の公募《こうぼ》に出して合評会《がっぴょうかい》で意見を聞き、何度も改稿《かいこう》しました。

第一回目から参加している合評会では、様々なことを学ばせていただきました。

シャンが落語好きという設定《せってい》は、最初はなかったのですが、故古田足日《こふるたたるひ》先生が以前「戦争を笑いで書けたらおもしろい」とおっしゃっていたことがヒントになり、ました。しかし「笑いで書く」という大きな宿題は、まだ模索《もさく》の最中です。一方、故岡崎《こおかざき》ひでたか先生には、中国で取材されてきた日本軍の三光《さんこう》作戦の実態《じったい》を教えていただき、その一部をシャンの体験で書かせていただきました。

本当に沢山《たくさん》の皆様《みなさま》のおかげで今回の出版《しゅっぱん》が実現《じつげん》しました。委員の皆様、取材相手の方々、物語にぴったりな絵を描《えが》いてくださった黒須高嶺《くろすたかね》先生をはじめ、お世話になった方々に心からお礼申し上げます。

二〇一六年　初夏

高橋うらら

西暦	元号	実際にあった出来事	物語の中の出来事
一九三一	昭和6	・9月、満州事変。関東軍参謀ら、奉天郊外柳条湖で満鉄線路を爆破。これを中国軍の行為として関東軍、軍事行動を開始し奉天を占領	
一九三二	昭和7	・3月、満州国建国宣言。首都新京（長春）	
一九三六	昭和11	・満州農業移民百万戸移住計画により、日本から満州への移民が本格化	
一九三七	昭和12	・中国北京郊外の盧溝橋付近で日本と中国の軍隊が衝突、日中戦争始まる ・12月、日本軍、南京を占領（南京虐殺事件）	
一九三九	昭和14	・創氏改名により、韓国の人たちは、強制的に日本名に変えさせられる	
一九四一	昭和16	・日ソ中立条約 ・12月8日、日本軍ハワイ真珠湾攻撃により、アジア太平洋戦争開戦	
一九四二	昭和17	・2月、日本軍シンガポール占領	
一九四五	昭和20	・8月9日、ソ連軍、満州・朝鮮・樺太などに侵攻開始 ・8月15日、正午、戦争終結の詔書を放送（玉音放送） ・シベリア抑留開始。ソ連軍に逮捕された日本軍人その他は、シベリアで強制労働に従事	徳永大和ら新京脱出 シャン射殺される 山科サクラ残留孤児となる
一九四六	昭和21	・1月、天皇、人間宣言 ・5月、満州からの引き揚げ開始。中国では内戦激化	川端龍之介朝鮮に帰国

		・11月3日、日本国憲法公布	
一九四七	昭和22	・5月3日、日本国憲法施行	
一九五〇	昭和25	・朝鮮戦争勃発。大韓民国と朝鮮民主主義人民共和国との間で戦争始まる ・8月、警察予備隊令公布	
一九五二	昭和27	・10月、警察予備隊を保安隊に改編	
一九五三	昭和28	・2月、ＮＨＫがテレビ放送開始 ・7月、朝鮮戦争休戦	
一九五四	昭和29	・自衛隊発足（防衛庁設置法案、自衛隊法案施行）	
一九六〇	昭和35	・ベトナム戦争開戦	
一九六四	昭和39	・10月10日、東京オリンピック開幕	
一九七二	昭和47	・沖縄の施政権返還。日本本土復帰実現。沖縄県発足 ・日中国交正常化成立	
一九七五	昭和50	・ベトナム戦争終結	
一九七八	昭和53	・日中平和友好条約発効	
一九八一	昭和56	・3月、中国残留孤児初来日。日中国交回復から9年経って、中国に取り残された残留孤児が訪日調査	山科サクラ一時帰国
一九九五	平成7	・1月17日、阪神淡路大震災	
二〇〇三	平成15	・3月、イラク戦争開戦。12月、自衛隊イラク派遣	
二〇一一	平成23	・3月11日、東日本大震災。福島第一原子力発電所事故	
二〇一三	平成25	・12月、特定秘密保護法案成立（２０１４年施行）	山科スミレの家族が日本に来る
二〇一五	平成27	・安全保障関連法案（安保法案）成立	

敗戦からの七〇年をひとまたぎして会いに来てくれる少年シャン

小澤俊夫《おざわとしお》

日本は七〇年前の八月一五日、米英ソ中連合国のポツダム宣言《せんげん》を受け入れて、全面無条件《むじようけん》降伏《こうふく》をしました。中学三年生のぼくは約一年前から学徒動員され、その日まで陸軍第二造兵廠《ぞうへいしょう》という火薬工場で、手りゅう《しゅ》弾《だん》や戦車地雷《じらい》の火薬、特攻機《とっこうき》が抱《かか》えて突《つ》っ込《こ》む爆弾《ばくだん》の火薬を作っていました。天皇《てんのう》の放送のことをその頃《ころ》は「玉音放送《ぎょくおんほうそう》」といいましたが、天皇の声で敗戦を聴《き》いて、宮城前《きゅうじょうまえ》の広場にたくさんの人が集まり、中には、切腹《せっぷく》自殺する人までいました。日本中大混乱《だいこんらん》だったのです。

今から見れば、この敗戦のおかげで日本は平和な民主主義《しゅぎ》国家になり、国民は自由な生活を送れるようになったのだから、ありがたいことだったのです。けれども、戦地にいた兵隊やアジア各地に暮《く》らしていた日本人にとってはいきなり敗戦国の人間になったのだから、それは悲《ひ》劇《げき》の始まりでした。

この小説は、敗戦の満州《まんしゅう》での日本人社会の混乱《こんらん》と、それに巻《ま》き込《こ》まれて命を落とした満州人の少年シャンの霊魂《れいこん》が、現代《げんだい》の日本に竜巻《たつまき》に乗って会いに来てくれるという不思議な物語です。

日本は日露《にちろ》戦争（明治三七・八年。西暦《せいれき》一九〇四・五年）後のポーツマス条約《じょうやく》によって、帝政《ていせい》のロシヤから南満州と南満州鉄道の権益《けんえき》を獲得《かくとく》しました。そして一九三一年の柳条湖《りゅうじょうこ》事件《けん》をきっかけに満州事変を起こし、満州国を成立させ、満州全体を支配《しはい》しました。満州の鉄鉱《てっこう》石《せき》や石炭の獲得が目的でしたが、当時新たな脅威《きょうい》として生まれた共産主義《しゅぎ》ソ連邦《れんぽう》への防護《ぼうご》地帯としても満州は重要だったのです。

そして日本政府《せいふ》は、日本人を大量に満州へ送り込《こ》みました。農家の二男、三男が新しい農場を拓《ひら》くために満州にわたりました。日本各地で「満蒙義勇団《まんもうぎゆうだん》」とか「満蒙開拓団《かいたくだん》」が組織《そしき》され、意気揚々《いきようよう》と出かけていきました。居残《いのこ》る家族も、豊《ゆた》かな将来《しょうらい》があるものと期待して家族を送りだしました。

民間人だけでなく、役人も満州国の役人になって出世するために、期待を込《こ》めて渡満《とまん》しました。関東軍《かんとうぐん》の軍人が喜び勇んで満州に配置されていったのはもちろんです。満州は日本人にとって希望の「楽土《らくど》」だったのです。

ところが日本人は、日清《にっしん》戦争で中国に勝利して得意になっていたし、アジア諸国《しょこく》によりも欧《おう》米《べい》に心が向いていたので、満州《まんしゅう》にわたると、先住民、つまり満州人、朝鮮《ちょうせんじん》人、中国人、モンゴル人に対して極《きわ》めて傲慢《ごうまん》な振《ふ》る舞《ま》いをしてしまいました。特に軍人や役人はひどかったそうです。農地を取り上げる、商売でだますなどの他《ほか》、使用人としてこき使ったり、ばかにした言葉を投げかけたり、それはそれはひどかったそうです。「三光《さんこう》作戦」という皆殺《みなごろ》し作戦は本当にあったことなのです。中国人は鬼のように残虐《ざんぎゃく》な日本兵のことを「日本鬼子《リーベンクイズ》」とよびました。この言葉はぼくも聞いたことがあります。

ぼくは満州の長春《ちょうしゅん》で生まれましたが、長春はその後、日本の勢力《せいりょくか》下になると新京《しんきょう》と改名されました。五歳《さい》まで瀋陽《しんよう》（のちに奉天《ほうてん》）にいました。それから中国の北平《ぺーぴん》（のちに北京《ぺきん》）に移住《いじゅう》し、小学校五年の一学期まで北京にいたのですが、北京でも、日本人、特に軍人と役人は横暴《おうぼう》にふるまっていました。日本人のぼくから見ても「ひどい」と思うことがよくありました。当然のことながら、現地人《げんちじん》には嫌《きら》われていたのです。そのことが、小説の中でもちゃんと書かれています。いままで威張《いば》りくさっていた日本人だから、敗戦と同時に逆《ぎゃく》にいじめられたのは当然です。そのことはぼくも帰国した親戚《しんせき》や知人からしばしば聞かされました。

シャンは「だんなさま」のことをよく理解《りかい》しています。「おそらく、わが同胞《どうほう》の中国人を拷問《ごうもん》にかけたり、銃殺《じゅうさつ》したり、その手は血にまみれていらしたのでしょう。ご家庭では、ごくふつうのお父様だったのに」。この二重性《にじゅうせい》が恐《おそ》ろしいのです。家庭では普通《ふつう》の優《やさ》しい人なのに、外に向いては鬼《おに》になる。これは民族を問わず起こりうることなのですが、中国やアジアのいろいろな国に兵隊として行った日本人はその典型でした。

けれども、日本人の中にもしっかりした人がいて、中国人、満州人《まんしゅうじん》、朝鮮人《ちょうせんじん》、モンゴル人と信じあって、お互《たが》いを尊重《そんちょう》して、人間として深い付き合いをしてきた人もいました。そして、現地人《げんちじん》にもそれにこたえて、日本人と、人間として信頼《しんらい》しあい、深い付き合いをしていた人もいたのです。この小説の主人公シャンは、そういう一人だったのです。そして、日本人側の大和《やまと》もそういう人だったのでしょう。

このように、人間としての深い信頼を互いに持って暮《く》らしていたいろいろな国籍《こくせき》の人が、日本の敗戦という大事件《だいじけん》によって引《ひ》き裂《さ》かれた悲劇《ひげき》を、この小説は描《えが》いています。

日本名を名乗っていたためにシベリアに流された人。主人公の大和が「シャン」と呼《よ》んでしまったために列車から落とされ、射殺《しゃさつ》された少年シャン。この作品は、そのシャンが戦後何十年もたったのに嵐《あらし》と竜巻《たつまき》に乗って日本まで、親しかった大和に会いに来たという感動的な話です。

この小説には、一九四五年の敗戦まで日本を支配《しはい》していた軍部の横暴《おうぼう》と無責任《むせきにん》の実態《じったい》もちらっと描《えが》かれています。それは、ソ連軍が満州《まんしゅう》に侵攻《しんこう》してきたとき、軍人家族がいち早く、しかしひそかに満州からの脱出《だっしゅつ》をしていたというところです。

軍部は何といっても民間人よりも早く情報《じょうほう》が手に入るのです。その時軍部は、民間人なんか放り出して、自分たちを救うことしか考えません。この出来事は、敗戦直後の満州、中国、そしてアジア諸国《しょこく》で起きたことでした。戦争末期の沖縄戦《おきなわせん》では、がま（洞窟《どうくつ》）に隠《かく》れていた民間人の赤んぼが泣きだした時、兵隊が、隠れていることがアメリカ軍にばれると言って、赤んぼの口をふさいで殺したという事実が報《ほう》じられています。軍隊は国民を守るものというのは、平時の言い草であって、いざという時には、国民より自分たちのほうが大事なのです。この小説は、そういう深い問題にも、さらりと触《ふ》れています。

敗戦の混乱《こんらん》の中では、幼《おさな》い子どもを日本に連れて帰ることを断念《だんねん》して、現地《げんち》の人に預《あず》けてきた日本人がたくさんいました。理由はさまざまでした。ただただ親子がはぐれてしまったということもあったし、子どもが病気で連れて帰ることができなかった、逆《ぎゃく》に親が病弱で連れて帰る自信がなかった、食べ物がなかった、連れて帰るだけのお金がなかった、などなど。

大助《だいすけ》のように投《な》げ捨《す》てられた幼子《おさなご》もいました。親はどんなに辛《つら》かったでしょう。そのとき、親切に子どもを預かってくれた中国人、満州人《まんしゅうじん》、朝鮮人《ちょうせんじん》がたくさんいたのです。そのとき預けられた子どもたちが大人になって、日本に親を探《さが》しに来たのがいわゆる「残留孤児《ざんりゅうこじ》」です。親や親せきに再会《さいかい》できた人もいるけれど、再会できないまま、中国に戻《もど》った人もいます。サクラとカエデ、あの二人の姉妹の運命を支《ささ》えてくれたのは、親切な現地《げんち》の人たちでした。その恩《おん》を日本人は忘《わす》れてはいけないこともこの小説は語っています。

日本の敗戦が知れ渡《わた》ると、中国人たちは今までの仕返しにと、日本人に危害《きがい》を加え始めました。その時、当時の中国共産党《きょうさんとう》の最高指導者毛沢東《しどうしゃもうたくとう》は、「日本の人民は、われわれ中国人民と同じく日本軍閥《ぐんばつ》の犠牲者《ぎせいしゃ》なのである。日本人民には罪《つみ》はない。危害を加えてはいけない」という訓示《くんじ》を発表しました。それによって多くの日本人が救われたという事実があります。

近頃《ちかごろ》、韓国人《かんこくじん》や中国人に向かって侮蔑《ぶべつ》する言葉や敵視《てきし》する言葉を浴びせかける日本人がいます。なんと恩知《おんし》らずの人間かと思います。敗戦の大混乱《だいこんらん》の中で、韓国人や中国人は、いままで威張《いば》り腐《くさ》っていた日本人の子どもたちを預《あず》かって、救ってくれたのです。そのご恩を忘れるなとこの作品は静かに叫《さけ》んでいます。

（ドイツ文学者）

二〇〇三年の秋、日本政府が自衛隊のイラク派遣を決めた直後に、日本児童文学者協会は、「新しい戦争児童文学」委員会を発足させました。委員会では、作品の募集や合評研究会などを重ね、それらは短編アンソロジー〈おはなしのピースウォーク〉全六巻（二〇〇六〜二〇〇八）として結実しました。その後、「新しい〈長編〉戦争児童文学」の募集を開始し、やはり合評を重ねこのたび完成したのが長編作品による〈文学のピースウォーク〉（全六巻）です。

委員会の中心であった古田足日氏（二〇一四年逝去）は〈おはなしのピースウォーク〉所収の「はじめの発言」で次のように書いています。

――この本がきみたちの疑問を引き出し、疑問に答えるきっかけとなり、戦争のことを考える材料となれば、実にうれしい。

再び、この思いをこめて、〈文学のピースウォーク〉を刊行します。

＊尚、本作は「新しい〈長編〉戦争児童文学」第二回作品募集の応募作です。

「新しい戦争児童文学委員会」
奥山恵　きどのりこ　木村研
西山利佳　はたちよしこ
濱野京子　みおちづる

高橋うらら（たかはしうらら）
1962年東京生まれ。慶應義塾大学経済学部卒業。児童向けノンフィクションを中心に執筆。作品に『五百人のお母さん』『ほりょになった中学生たち』（以上学研）、『犬たちがくれた音　聴導犬誕生物語』（金の星社）、『おかえり！アンジー　東日本大震災を生きぬいた犬の物語』（集英社みらい文庫）他多数。日本児童文学者協会・日本児童文芸家協会会員。

黒須高嶺（くろすたかね）
1980年埼玉県生まれ。作品に『１時間の物語』『七丁目 虫が、ぶうん』（以上偕成社）、『くりぃむパン』『自転車少年』（以上くもん出版）、『ツクツクボウシの鳴くころに』（文研出版）、『えほん 横浜の歴史』『日本国憲法の誕生』（以上岩崎書店）などがある。

小澤俊夫（おざわとしお）
1930年中国長春生まれ。日本女子大学教授、筑波大学副学長、国際口承文芸学会副会長等を歴任。グリム童話の研究から出発し、日本の昔話の分析および研究に従事。「小澤昔ばなし研究所」所長。著書に『昔昔の語法』（福音館書店）、『「グリム童話」を読む』（岩波書店）など多数。

幽霊少年《ゆうれいしょうねん》シャン――文学《ぶんがく》のピースウォーク

2016年7月25日　初　版

作　者　高橋うらら
画　家　黒須高嶺
発行者　田所　稔

郵便番号　151-0051　東京都渋谷区千駄ヶ谷4-25-6
発行所　株式会社　新日本出版社
電話　03（3423）8402（営業）
03（3423）9323（編集）
info@shinnihon-net.co.jp
www.shinnihon-net.co.jp
振替番号　00130-0-13681
印刷　光陽メディア　　製本　小高製本

落丁・乱丁がありましたらおとりかえいたします。

ISBN978-4-406-06041-7　C8393　Printed in Japan